www.blue-panther-books.de

Lucy Palmer

Mach mich gierig!

Erotische Geschichten

www.blue-panther-books.de

BLUE PANTHER BOOKS TASCHENBUCH
BAND 2162

1. AUFLAGE: DEZEMBER 2009

VOLLSTÄNDIGE TASCHENBUCHAUSGABE

ORIGINALAUSGABE
© 2009 BY BLUE PANTHER BOOKS, HAMBURG
COVER: ISTOCK
UMSCHLAGGESTALTUNG: WWW.HEUBACH-MEDIA.DE
GESETZT IN DER TRAJAN PRO UND ADOBE GARAMOND PRO

PRINTED IN GERMANY
ISBN 978-3-940505-24-8

WWW.BLUE-PANTHER-BOOKS.DE

INHALT

Mit dem Gutschein-Code
LP3TBPSVR
erhalten Sie auf
www.blue-panther-books.de
diese exklusive Zusatzgeschichte als PDF.
Registrieren Sie sich einfach online
oder schicken Sie uns die beiliegende
Postkarte ausgefüllt zurück!

WELLSEX

Madison saß missmutig in ihrem gemütlichen Sessel, ihr Smartphone in der Hand, und sah sich auf der Website von »Rent-a-Man« um. Sie brauchte mal wieder einen Mann für »gewisse Stunden« und hatte mit diesem Service schon gute Erfahrungen gemacht, auch wenn es nicht genau das war, was Madison wollte. Eine feste Beziehung wäre ihr Traum, aber woher die Zeit nehmen, nach Mr Right zu suchen? Sie lebte in einer hektischen Welt, in der nur noch Qualität, Produktivität und Erfolg zählten.

»Wie fantastisch muss es zu Großmutters Zeiten gewesen sein«, murmelte sie und seufzte. Die Menschen hatten sich nach der Arbeit oder am Wochenende getroffen, um ins Kino zu gehen oder Bowling zu spielen.

Eine Arbeitskollegin hatte Madison die Adresse eines Luxushotels gegeben, wo ganz besondere Dienste angeboten wurden. Ob sie das mal ausprobieren sollte?

Madison drückte ihren Zeigefinger auf den Bildschirm des Smartphones und die Benutzeroberfläche baute sich sofort auf. Nach einem weiteren Tipp auf »Notizen« leuchtete ihr eine Adresse entgegen, die Madison gleich in den Browser eingab. Es öffnete sich eine ansprechende Seite mit dem Namen »Wellsex«. Sie zeigte ein wunderschönes historisches Gebäude, das mit seinen spitzen Rundtürmen und den hohen Bogenfenstern wie ein Märchenschloss aussah. Das Chateau lag mitten in einem weitläufigen Park; im Hintergrund wuchsen Wacholder und Kiefern, wie es typisch für die Rocky Mountains war.

»Wow, so viel Natur!« Madisons Begeisterung steigerte sich. Schnell überflog sie das Intro: *Sie wollen raus aus dem Alltag, ein Abenteuer nach Ihren Vorstellungen erleben und sich mal so richtig verwöhnen lassen? Dann sind Sie bei uns richtig. Chateau Belleville erfüllt Ihre geheimsten Wünsche und lässt Ihre dunkelsten Sehnsüchte wahr werden. Sie allein bestimmen die Regeln! Melden Sie sich noch heute an und betreten Sie das Reich der Sinne ...*

Warum nicht statt Wellness einmal »Wellsex« buchen, hatte ihre Kollegin Carol gemeint, die von diesem Angebot ganz begeistert war und es schon öfter genutzt hatte.

Madisons Zeigefinger zuckte auf dem Eingabefeld, bevor sie sich überwand, es anzutippen. Sie wurde auf eine andere Seite weitergeleitet, wo sie anonym einen Fragebogen ausfüllen konnte. Erst am Ende musste der Kunde die Anmeldung bestätigen, also konnte sie sich das Angebot in Ruhe ansehen.

Die Eingangsfragen waren noch recht harmlos. Das Programm wollte wissen, ob sie männlich oder weiblich war, ihr Alter, das Gewicht und sogar ihre Schuhgröße.

Sind Sie lieber der dominante oder eher der passive Part?

Sie tippte passiv an.

Wollen Sie gequält oder ausgepeitscht werden?

Madison sog die Luft ein. »Bloß nicht!«, stieß sie aus und drückte auf Nein. Keine SM-Spielchen!

Wünschen Sie Analsex?

»Nein!« Madison konnte auch dieser Praktik nichts abgewinnen.

Es folgten unzählige weitere Fragen über ihre Vorlieben, mit wie vielen Partnern sie Sex haben wollte, wie viele davon männlich oder weiblich sein sollten. Madison entschied sich für zwei Männer und eine Frau. Sie hatte es noch nie mit einer Frau gemacht, daher war Madison ein wenig neugierig.

Wollen Sie Geräte benutzen?

Madison wählte eine Session in der Liebesschaukel. Allerdings wollte sie darin festgebunden werden, sodass sie selbst der passive Part war und sich die anderen an ihr bedienen mussten.

Allein bei diesem Gedanken spürte sie ein Prickeln in ihrem Schoß. Wenn sie sich vorstellte, wie sie mit gespreizten Beinen in der Schaukel hing und die Männer konnten sie nach Belieben befingern und stoßen ... Das war schon immer eine geheime Fantasie von ihr gewesen.

Wünschen Sie einen Abholservice?

Madison bejahte. Wenn sie sich schon ein so teures Vergnügen gönnte, dann wollte sie auch das volle Programm. Sie buchte noch eine Massage dazu und eine Übernachtung in der Luxus-Suite.

Bei der Höhe der Summe wurden ihre Augen groß. »Für den Preis erwarte ich aber ein paar extrem leckere Männer«, sagte sie. »Und den Orgasmus meines Lebens!«

Da die Ära des Bargeldes schon ein paar Jahre zurücklag, musste sich Madison unbedingt noch eine dieser altmodischen Geldkarten besorgen, auf der keine persönlichen Daten von ihr gespeichert waren. Denn mit ihrem Daumenabdruck oder ihrer Kreditkarte wollte sie auf keinen Fall bezahlen. Es schmerzte sie, dass ein ganzes Monatsgehalt für das Angebot draufging, und sie hoffte, dass es das auch wert war.

Wir garantieren Ihnen völlige Anonymität und Diskretion, hieß es, als Madison mit wild klopfendem Herzen die Buchung bestätigte.

Vielen Dank, dass Sie sich für das Angebot von »Wellsex« *ent-*

schieden haben. Wir freuen uns auf Ihren Besuch und wünschen
Ihnen sinnliche Stunden in unserem Chateau.

***

Ein bisschen mulmig war Madison schon zumute, aber jetzt gab es kein Zurück mehr. Eine weiße Limousine wartete bereits vor ihrem Haus. Der junge Chauffeur lud ihr Gepäck ein und öffnete ihr die hintere Tür. Beinahe erwartete Madison einen halbnackten Gigolo, aber der Rücksitz war leer. Sie hatte extra keinen Begleiter für die Fahrt dazugebucht, denn sie wollte sich Schritt für Schritt auf diesen außergewöhnlichen Urlaub einstimmen.

Das luxuriöse Auto glitt fast geräuschlos durch den Vormittagsverkehr in Richtung Berge. Madison war schon ewig nicht mehr in den Rockys gewesen und sie freute sich schon sehr auf diese reizvolle Landschaft.

Als sie die Stadt hinter sich gelassen hatten, konnte Madison schon die schneebedeckten Bergspitzen der Rocky Mountains sehen. Leise Musik lullte sie von allen Seiten ein und nahm ihr ein wenig die Nervosität. In der Limousine gab es eine Minibar, an der sich Madison bedienen durfte. Sie hatte sich für einen Prosecco entschieden, an dem sie immer wieder nippte, während sie aus dem Fenster schaute.

Auf einem kleinen Bildschirm, der an der Mittelkonsole angebracht war, lief ein Werbefilm über das »Chateau Belleville«. Er zeigte eine große Empfangshalle, marmorne Bäder und verschiedene »Spielzimmer«. Alles sah sehr edel und wahnsinnig teuer aus. Das Hotel hatte keine Kosten gescheut, um den Aufenthalt so angenehm wie möglich zu gestalten. Halbnackte Hostessen bedienten Singlemänner, während sich die Damen einen persönlichen Diener aussuchen konnten, der ihnen für die Dauer des Urlaubs zur alleinigen Verfügung stand.

Aber das Chateau bot auch ein aufregendes Wochenende für Pärchen an, die wieder Schwung in ihre Beziehung bringen wollten. Bei »Wellsex« konnte tatsächlich jeder seine Fantasien verwirklichen.

Nach dreistündiger Fahrt bog die Limousine in einen großen Hof ein. Als Madison ausstieg und auf den knirschenden Kies trat, sah sie vor sich das märchenhafte Hotel. Tief atmete sie die frische Bergluft ein und bewunderte die Ruhe sowie die gigantische Aussicht um sich herum, dann schritt sie die Stufen aus weißem Marmor empor. Zur selben Zeit holte ein Page ihr Gepäck aus dem Auto. Ein schmucker Türsteher öffnete das verglaste Eingangsportal des Chateaus und zwinkerte ihr zu, als sie an ihm vorbeiging.

Alle Angestellten schienen nicht älter als dreißig Jahre zu sein und sahen natürlich blendend aus: leicht gebräunte Haut, durchtrainierter Body und immer ein strahlendes Lächeln auf den Lippen. Falls sie, Madison, doch mal einen Lebenspartner finden sollte, durfte der auf keinen Fall so perfekt aussehen, damit sie sich neben ihm nicht wie ein hässliches Entlein vorkam. Sie fand sich selbst zwar nicht unattraktiv, aber all die überschönen Menschen um sie herum kratzten dennoch ein wenig an ihrem Ego. Sie wollte nicht wissen, wie viele von ihnen sich dafür unter das Messer gelegt hatten.

Aber sie war ja nicht hier, um sich zu verlieben. Sie wollte Spaß haben! So ein Mann, der täglich andere Frauen beglückte, käme bei Madison nicht mal in die nähere Auswahl. In der Beziehung war sie absolut altmodisch ...

Die Eingangshalle sah genauso prächtig aus wie auf dem Video. Heller Marmor, wohin das Auge blickte. Dunkelrote Läufer wiesen den Weg zu den Treppen und Aufzügen, und ein Springbrunnen mit einem vergoldeten Cupido, der Wasser spie, plätscherte vor sich hin.

Nachdem Madison mit ihrer Geldkarte diskret den Betrag gezahlt hatte, reichte ihr der Angestellte hinter dem Empfang die Keycard für ihr Zimmer. »Ich wünsche Ihnen einen angenehmen Aufenthalt, Madam.«

Mit einem Lächeln nahm Madison die Karte entgegen und folgte dem Pagen, der ihr Gepäck trug, in den Aufzug. Plötzlich fühlte sie sich wie eine Prinzessin, ja, wie eine ganz andere Frau! Hier konnte sie jemand sein, der sie sonst nicht war.

Ihr Zimmer lag im dritten Stock. Als sie den Lift verließen, kam ihnen ein turtelndes Pärchen entgegen. Eine grauhaarige Frau, bestimmt schon über fünfzig, flirtete mit einem Mann, der vielleicht halb so alt war wie sie. Beide trugen einen seidenen Bademantel im Kimono-Stil. Madison hatte aus den Unterlagen entnommen, dass es im Chateau Vorschrift war, sich in den öffentlichen Bereichen nicht nackt zu zeigen. Das war Madison nur recht, sie wollte sich nicht fühlen, als befände sie sich in einem Swingerclub.

Nachdem sie in ihrem Zimmer angekommen war, schloss Madison aufatmend die Tür, schüttelte den Kopf und fragte sich ernsthaft, auf was sie sich da eingelassen hatte. Bei »Rent a Man« eine Begleitung zu buchen, war eine Sache, aber gleich einen Gangbang zu planen, das war etwas völlig anderes.

Die Atmosphäre des Raumes brachte sie jedoch schnell auf andere Gedanken. Das Zimmer war traumhaft und sah ebenfalls aus, als wäre es einem Märchen entsprungen: Auf dem bordeauxroten Teppichboden stand ein gewaltiges Himmelbett mit einem hellblauen Baldachin aus Seide; es gab einen vergoldeten Schminktisch, einen altmodischen Schreibtisch aus dunklem Holz und nebenan, im luxuriösen Badezimmer, einen Whirlpool. An den tapezierten Wänden hingen Landschaftsbilder in dicken Goldrahmen und von der Decke ein Kronleuchter. Die hohen Fenster, die mit langen Vorhängen geschmückt waren, gaben einen traumhaften Blick auf die Rockys frei. Auch ohne Sex hätte sich Madison hier herrlich entspannen können. Eine unglaubliche Ruhe hüllte sie ein und kein technisches Gerät trübte die Vorstellung, dass sie sich viele Jahre in der Vergangenheit befand ... bis sie plötzlich ein leises Piepen hörte. Es war ihr Smartphone, das in ihrer Handtasche lag. Madison holte das Gerät heraus, um es abzuschalten, als sie bemerkte, dass sie eine Mitteilung vom Hotel bekommen hatte: »Bitte finden Sie sich in einer Stunde zur Massage auf Zimmer 333 ein. Mit sinnlichen Grüßen, Ihr Chateau Belleville.« *Ganz ohne Fortschritt geht es also doch nicht,* dachte Madison schmunzelnd.

Als Nächstes leuchteten ihr verschiedene Männer entgegen, von denen sie sich einen aussuchen konnte, der ihr persönlich rund um die Uhr zur Verfügung stand, wenn sie wollte. Aber das war ihr für das erste Mal »Wellsex« doch zu viel, daher lehnte sie das Angebot ab, was wohl für Madison am klügsten war. Denn sie gehörte zu den Frauen, die sich schnell und hoffnungslos in jemanden verliebten – das würde vielleicht nur einen schmerzhaften Abschied geben.

***

Nur mit einem Kimono bekleidet, stand Madison vor Zimmer 333, das in derselben Etage wie ihre Suite lag. Ihre Knie zitterten und das Herz klopfte ihr bis zum Hals. »Es ist nur eine Massage«, machte sie sich Mut. Der Gangbang war erst für den Abend angekündigt.

Entschlossen klopfte sie an der Tür, die sofort von einem jungen blonden Mann geöffnet wurde, der sich ihr als Mark vorstellte. Er trug nur enge Pants an seinem umwerfend gut

13

gebauten Körper. Mark besaß eine schlanke Figur, ohne ein Gramm Fett, weshalb sein Waschbrettbauch besonders gut zur Geltung kam. Wieder viel zu perfekt für Madisons Geschmack, aber unglaublich sexy.

Der massiert mich?, fragte sie sich und wurde allein schon von seinem Anblick feucht. Sie spürte, wie sich ihre Brustwarzen zusammenzogen und sich an der feinen Seide des Kimonos rieben.

Mark dirigierte sie auf eine Massageliege, die in einem abgedunkelten Raum stand. Kerzen brannten, und im Hintergrund spielte leise Entspannungsmusik. Er nahm ihr den Bademantel ab und ging in einen Nebenraum. Madison suchte nach einem Handtuch, das sie sich jetzt gern um die Hüften geschlungen hätte, aber sie fand keines, also legte sie sich schnell auf die Liege, bevor Mark wieder zurückkam.

Warmes Öl tropfte zwischen ihre Schulterblätter. Mark drückte seine Handflächen auf ihren Rücken und begann eine sanfte Massage, die sich kontinuierlich steigerte. Das tat gut! Madison wusste nicht, wann sie sich das letzte Mal so entspannt gefühlt hatte.

Es war angenehm, dass Mark nicht sprach. Daher konnte sie sich ganz auf seine fähigen Hände konzentrieren. Die Musik lullte sie langsam ein – deshalb bemerkte sie erst, dass er längst an einer viel intimeren Stelle angekommen war, als er ihre Pobacken knetete. Aber der Mann beherrschte seinen Job. *Eine solche Pomassage könnte ich jeden Tag vertragen*, ging es Madison durch den Kopf.

Mark fuhr an ihren Beinen entlang, streichelte sie mal sanft, mal fester, und glitt immer tiefer zwischen ihre leicht geöffneten Schenkel, bis er mit den Fingerspitzen ihre Schamlippen antippte. Erst glaubte Madison an einen Zufall, aber als sich die Berührungen wiederholten und Mark bei jedem Auf und

Ab ein bisschen länger an der Stelle verweilte, wusste sie, dass er das beabsichtigte. Seine Fingerspitzen kreisten auf ihrem Spalt, der sich langsam öffnete, bis Mark ihre empfindliche Knospe kitzelte.

Madison keuchte auf und wollte ihre Beine schließen, aber das Gefühl war zu schön, als dass sie darauf verzichten konnte. Die fremde Hand zwischen ihren Beinen machte sie tatsächlich an!

Mark goss noch Massageöl nach, bevor sich plötzlich seine glitschige Handfläche auf ihre Scham drückte.

Madison hielt die Luft an. Sie wagte nicht, etwas zu sagen oder sich zu bewegen. Sie hätte sich ja denken können, dass es in diesem Hotel keine gewöhnlichen Wohlfühlmassagen gab.

Sie entspannte sich ein wenig, als Mark wieder über ihre Pobacken streichelte, aber die Hand zwischen ihren Schenkeln nahm er nicht weg. Stattdessen erhöhte er den Druck.

Langsam wurde Madison unruhig. Sie wollte, dass er die Finger endlich bewegte, sie dort streichelte oder wenigstens irgendetwas machte, denn ihr Kitzler pochte bereits erwartungsvoll gegen seine Handfläche. Mark konnte sie doch nicht erst heiß machen und dann einfach aufhören! Auffordernd wackelte sie mit ihrem Po, bis Mark sagte: »Dreh dich bitte um.«

Sie sollte sich wirklich umdrehen? Aber dann würde Mark ja alles sehen: ihre Brüste und ihr rasiertes Dreieck und vor allem, wie erregt sie schon war!

Solange sie den Kopf verstecken konnte, war das eine Sache, aber sie wollte diesem fremden Mann nicht in die Augen sehen, wenn er sie zwischen den Beinen berührte, wo sie schon tropfnass sein musste.

»Möchtest du, dass ich dir die Augen verbinde?«, fragte er sanft. Anscheinend wusste Mark genau, was in Madison vorging.

Sie nickte zögerlich und spürte schon kurz darauf, wie er ihr einen weichen Schal umband. Dann drehte sie sich mit Marks Hilfe auf den Rücken, damit sie nicht von der Liege fiel, und blieb stocksteif liegen.

»Entspanne dich.« Marks Stimme war leise und angenehm. Sie hörte sich beinahe wie ein Schnurren an.

Madison fühlte seine warmen Hände auf ihrem Bauch. Er zog kleine Kreise um den Nabel, massierte ihre Hüften und arbeitete sich geschickt und unaufdringlich zu den Brüsten vor, sodass sie sich schon bald wieder fallen ließ.

Mit sanftem Druck ölte er ihren Busen ein, bevor er die rosigen Nippel zwischen seinen Fingern rieb. Er zupfte an ihnen, bis sie sich ihm spitz entgegenreckten, dann streichelte er wieder sanft über die weichen Hügel.

Seufzend wand sich Madison unter ihm, in der Erwartung auf mehr. Mark enttäuschte sie nicht. Während er mit einer Hand an ihren Brüsten spielte, wanderte die andere zwischen ihre Beine. Er ölte ihren Venushügel ein und massierte auch ihn mit leichtem Druck, bevor sich seine Finger in ihren Spalt stahlen und Madison ein Keuchen entlockten. In ihrem Schoß kribbelte es immer mehr.

Mark spreizte ihre Schamlippen und ließ warmes Öl dazwischenlaufen. Es vermischte sich mit Madisons Lustsaft, sodass seine Finger regelrecht durchflutschten.

Die Erregung nahm Madison alle Hemmungen. Sie winkelte ihre Beine an und ließ sie auseinanderfallen, damit Mark vollen Zugang zu ihrer Körpermitte hatte. Er nutzte das auch sofort aus, um einen Finger tief in sie zu schieben.

Madison erschauderte, ihre Vagina verengte sich, als wollte sie den Finger festhalten, doch da zog sich Mark schon wieder zurück.

»Ich werde dich gleich von innen massieren«, sagte er, wobei seine Stimme jetzt rauer klang als zuvor.

Madison hörte ihn schwer atmen und fragte sich, ob das von der Anstrengung kam oder ob er auch erregt war. Sie verschob den Schal vor ihren Augen und sah im Schein der Kerzen die Beule in Marks Schritt.

Er ging durch den Raum, um etwas zu holen, und beim Näherkommen erkannte Madison, was es war: ein dunkelblauer Dildo, an dessen Ende Gummibänder befestigt waren. Interessiert sah sie Mark dabei zu, wie er den Vibrator in sie schob und es schmatzte, als ihr Saft herausgedrückt wurde.

Stöhnend legte Madison den Kopf wieder zurück und fixierte dabei Marks Schritt, als er die kleinen Gurte um ihre Hüften und die Oberschenkel schnallte, damit der Vibrator nicht herausrutschen konnte. Er drehte ihn auf eine kleine Stufe und fuhr anschließend mit der Massage fort.

Das ist so was von geil!, schoss es Madison durch den Kopf, als der Dildo zu summen begann. Mark war schon wieder dabei, ihren Körper zu streicheln, besonders konzentrierte er sich dabei auf ihren Kitzler, den er abwechselnd zupfte, um dann wieder seinen Daumen darauf kreisen zu lassen. Ab und zu drehte er an dem Regler des Vibrators, um ihn etwas schneller zu stellen. Die sanften Schwingungen in ihrem Inneren zogen sich durch Madisons gesamten Unterleib, während Mark sich hingebungsvoll ihrem Busen und dem Kitzler zuwendete. Er rieb ihre Knospen zwischen Daumen und Zeigefinger und Madison seufzte auf. Ihr ganzer Körper glich einem einzigen Pochen.

»Darf ich dich berühren?«, entfuhr es ihr. Sofort biss sie sich auf die Unterlippe. Madison erkannte sich selbst kaum wieder. Die aufgeheizte Stimmung in dem Raum, die Vibrationen, die durch ihren Körper strömten, der Duft ihrer Muschi und dieser gut aussehende Mann mussten ihr die Sinne verwirrt haben.

Mark grinste sie verwegen an. »Der Kunde ist König.«

Sie streckte ihren Arm aus und Mark trat näher heran, sodass sie seine Pants erreichen konnte. Erst massierte sie sein Glied durch die Hose, bis sie spürte, dass es noch härter wurde und keinen Platz mehr hatte. Dann zog sie ihm den Stoff einfach ein Stück von den Hüften, und sein aufgerichteter Schaft sprang ihr entgegen. Sofort umschloss sie ihn fest und Mark keuchte. Dabei hörte er allerdings für keine Sekunde auf, Madisons Kitzler zu massieren, obwohl er seine Augen geschlossen hatte.

Madison war bereits so erregt, dass sie schon fühlte, wie sich ein Orgasmus anbahnte. Es machte sie zusätzlich an, wie der junge Mann darum kämpfte, seinen Job gut zu machen, während sie ihm einen runterholte. Die Spitze seiner Eichel glänzte bereits verräterisch, Schweiß stand auf seiner Stirn. Der süße Kerl konnte sich kaum noch zurückhalten, was Madison immer mehr anstachelte, mit festen Strichen über seine ganze Länge zu reiben. Sie selbst hielt es kaum noch aus, ihr Inneres krampfte sich bereits um den Dildo, der gnadenlos seine Impulse durch sie sandte, und ihr Kitzler pochte gegen Marks Finger.

Marks Bewegungen wurden schneller. Er drückte mit seinem Handballen ihren Venushügel nach oben, damit ihr Lustpunkt völlig frei lag. Als er sich dann auch noch über sie beugte und ihre Klitoris zwischen die Lippen saugte, kam Madison. Ihre Hand verkrampfte sich um Marks Schaft, als die gewaltige Lustwelle sie überschwemmte. Ihr Kitzler klopfte heftig gegen Marks flinke Zunge, die immer noch ihre Arbeit tat, als Mark abspritzte. Sein Samen entlud sich auf Madisons Hüfte, dabei keuchte und stöhnte er gegen ihr nasses Geschlecht, bis Madison ihre Beine schloss.

Mit einem schuldbewussten Gesichtsausdruck entfernte er den Vibrator, packte sein Glied weg und wischte Madison mit einem Papiertuch das Sperma von der Haut. »Tut mir leid, das war sehr unprofessionell von mir. Ich verstehe, wenn du das meldest.«

»Was?« Verwirrt blickte sie ihn an. In ihr pochte noch immer alles, als sie sich aufsetzte und von der Liege rutschte. Mark hielt sie einen Moment fest, weil ihre Beine nachgeben wollten, aber er sah ihr dabei nicht in die Augen. Er schien sich zu schämen.

Madison wusste nicht, ob sein Verhalten zur Show gehörte, aber sie wollte ihn dennoch aufmuntern: »Ich fand es sehr schön. Du hast deinen Job gut gemacht.« Waren diese Worte soeben aus ihrem Mund gekommen? Madison konnte sich nur wundern. Hier schien sie tatsächlich ein ganz anderer Mensch zu sein – viel selbstbewusster.

Mark reichte ihr den Kimono und half ihr hinein. Dabei glaubte Madison ein Funkeln in seinen Augen zu erkennen. Es war also alles nur gespielt! Der Kerl hatte es faustdick hinter den Ohren!

Wissentlich lächelnd verabschiedete sich Madison von dem Masseur und taumelte noch leicht benommen in ihr Zimmer. Dort ging sie erst mal unter die Dusche, dann schlief sie eine Stunde. Anschließend begab sie sich in den Speisesaal, wo ihr ein köstliches Abendessen serviert wurde. Sie erhielt von einem sexy Kellner die Nachricht, nach dem Essen auf ihrem Zimmer zu warten, dort würde sie jemand abholen. *Zum Gangbang...*, ging es ihr durch den Kopf. Aber nach der Lustmassage fühlte sie sich nicht mehr so verkrampft und freute sich bereits, was als Nächstes kam.

***

Unruhig lief Madison in ihrem Zimmer auf und ab, bevor sie sich wieder ans Fenster stellte, um den wundervollen Sonnenuntergang zu beobachten, der die Bergspitzen der Rockys blutrot färbte. Laut Anweisung trug sie nichts unter ihrem Kimono, in dessen Tasche sich nur ihre Keycard befand. Plötzlich fühlte sie sich nicht mehr so cool, und ihr rasendes Herz drohte ihren Brustkorb zu sprengen. Sämtliche Vorfreude war verflogen und ein erotisches Kribbeln wollte sich erst recht nicht einstellen.

»Dumme Idee«, murmelte sie unaufhörlich vor sich hin, wobei sie große Lust verspürte, an ihren Fingernägeln zu knabbern.

Pünktlich zur abgemachten Zeit klopfte es an der Tür und Madison zuckte zusammen wie ein verängstigtes Tier. Nach kurzem Zögern ging sie jedoch hin, um zu öffnen. Ein großer, breitschultriger Mann verdeckte ihr die Sicht auf den Flur. Er trug ein Muskelshirt und Jeans. Madison erkannte sofort an seinen trainierten Armen, dass er Kraftsport betrieb.

Als sie nach oben sah, machte sie unweigerlich einen Schritt nach hinten: Sein Kopf steckte unter einer schwarzen Skimaske, die den Mann sehr bedrohlich aussehen ließ. Nur sein Mund und die Augen waren zu erkennen.

Sofort wurde sie von ihm ins Zimmer zurückgedrängt und bekam einen Stoffbeutel über den Kopf gezogen. Sie hörte, wie die Tür hinter ihnen zufiel, und spürte, wie der große Kerl sie mit seinem Brustkorb gegen die Wand drückte.

Madison schrie auf. Sie wollte sich den Sack vom Kopf ziehen, aber ihre Arme wurden gepackt und hinter ihrem Rücken gefesselt. Etwas Kaltes legte sich über ihre Gelenke und ein metallisches Klicken drang an ihre Ohren ... Handschellen!

Madison fühlte die Hitze des fremden Körpers, während ihr das Blut in den Ohren rauschte. Gehörte dieser Überfall zum

Programm? Plötzlich konnte sie sich nicht mehr genau erinnern, was sie damals, zuhause, im Fragebogen angegeben hatte.

Zitternd hing sie in den Armen ihres Entführers, der sie fest gegen seinen gestählten Körper presste. Madison wagte kaum zu atmen, obwohl sie unter dem dünnen Beutel genug Luft bekam. Ihr Herz raste.

Auf einmal wurde der Griff lockerer. Der Mann streichelte ihr über den Rücken und flüsterte: »Du kannst das Spiel jederzeit mit dem Safeword beenden. Du bist der Kunde, du stellst die Regeln auf.«

Madison holte tief Atem und nickte. Das Safeword lautete »Belleville«. Es war einfach zu merken.

Ihr »Entführer« fand jedoch sofort wieder in seine Rolle zurück. »Du kommst jetzt brav mit mir und machst keinen Mucks, verstanden?!«

Madison nickte abermals. Sie ließ sich aus dem Zimmer ziehen und lauschte dabei angestrengt. Im Gang blieben sie eine Weile stehen. Madison vermutete, dass der Mann auf den Fahrstuhl wartete. Dabei hielt er sie so, dass sie seine Brust im Rücken hatte. Ihre gefesselten Hände stießen gegen seine Jeans.

»Wie heißt du?«, fragte sie vorsichtig. Sie wollte ihn in ihren Gedanken nicht immer nur »der Mann« oder »mein Entführer« nennen.

»Das werde ich dir sicher nicht verraten, mein Täubchen«, säuselte er ihr ins Ohr. »Ich werde dich jetzt zu meinen Leuten bringen und wir werden alle eine Menge Spaß miteinander haben. Ganz anonym. Damit du uns später nicht an die Bullen verpfeifen kannst.«

Er spielte seine Rolle wirklich gut, fand Madison. Fast schon zu überzeugend, dennoch stellte sich eine leichte Vorfreude bei ihr ein.

Der Aufzug öffnete sich mit einem Klingeln und ihr Entführer drängte sie hinein. Es ging abwärts. Dabei griff ihr der Kerl in den Kimono und umfasste eine nackte Brust. Leicht zwickte er in den Nippel, der sofort hart wurde; seine andere Hand wanderte ebenfalls unter den Stoff und drückte sich auf ihren Schamhügel.

Madison bemerkte, dass er seinen Unterleib an ihrem Po rieb. Sie spürte seine Erektion an ihren gefesselten Händen und lehnte sich leicht dagegen, während er ihre Brust knetete.

»Ja, mach ihn schön hart, damit ich dich gleich so richtig stoßen kann!«, raunte der Fremde.

Madison überliefen lustvolle Schauer, wenn sie daran dachte, von diesem kräftigen Kerl genommen zu werden, ohne dass sie sich wehren konnte. Natürlich erregte es sie nur, solange es ein Spiel blieb. Alles andere wäre ein Albtraum! Sie spürte jedoch: Sie konnte diesem Mann vertrauen, denn abermals erinnerte er sie daran, dass sie nur das Safeword aussprechen müsse, um die inszenierte Entführung zu beenden.

Madison befühlte sein dickes Geschlecht durch die Jeans und wünschte sich, die Arme frei zu haben. Er keuchte durch den dünnen Stoffsack in ihr Ohr, was ein Prickeln durch ihren Körper sandte, bis zwischen ihre Schenkel. Seine großen Hände auf ihrem Busen machten sie schwach.

Dann öffnete sich die Aufzugtür und Madison wurde hinausbugsiert. Es war tiefer hinabgegangen als drei Stockwerke, da war sie sich sicher. In der Empfangshalle standen sie also nicht.

»Ich hab sie, Shane«, sagte ihr Entführer und stieß sie an.

Madison schrie auf, weil sie dachte, sie würde auf dem Boden landen, stattdessen wurde sie aufgefangen und gegen eine weitere Brust gepresst. Madisons Kopfbedeckung war durch den Fall leicht verrutscht, sodass ihr der Geruch des anderen Mannes in die Nase stieg. Shane roch sehr angenehm, ein wenig balsamisch, und Madison fühlte sich bei ihm gleich wohler als bei ihrem Entführer. Unbewusst lehnte sie sich gegen ihn. Sein Bauch schien nicht so hart und flach zu sein, wie sie es bei den anderen Angestellten des Hotels gesehen hatte, aber das machte den Kerl nur sympathischer. Sie selbst war nämlich keine Sportskanone. Auch wenn sie eine ganz passable Figur besaß, konnte es nicht schaden, wenn wenigstens ein »Spielpartner« auch nicht ganz perfekt war.

Shane, der so wunderbar gut roch, drückte sie an den Schultern zurück. Schwankend blieb Madison stehen. Sie konnte die Blicke der Männer förmlich auf sich spüren, als diese um sie herumgingen. Zu gern hätte sich Madison den Sack vom Kopf gerissen ...

Unvermittelt wurde ihr der Kimono vom Körper gezerrt, bis er hinter ihrem Rücken festhing, wo ihre Arme immer noch zusammengebunden waren. Verschiedene Hände betatschten sie, griffen ihr an den Busen oder in den Schritt. Madison wusste nicht, ob sie sich dagegen wehren sollte, aber wie hätte sie das machen sollen? Mit den Füßen nach ihnen treten?

Bevor sie lange überlegen konnte, packte jemand ihren Arm und zog sie weiter.

Plötzlich ertönte eine Frauenstimme: »Da hast du aber 'ne Hübsche aufgetrieben, Boss«, und jemand streichelte ihre Pobacke. Es waren weiche Hände, wahrscheinlich die der Frau. Sie legte ihre Hand auf Madisons Taille, so als wollte sie ihr ein Gefühl von Sicherheit vermitteln, während sie immer weiter gingen. Wo wurde sie nur hingeführt?

Abrupt blieben sie stehen. Madisons Fesseln wurden gelöst und der Kimono ganz von ihrem Körper gezerrt, aber sofort setzte man sie irgendwo drauf und zurrte sie daran fest. Es schwankte unter ihrem Gesäß. Natürlich, sie hatte ja die Liebesschaukel ausgewählt!

Sie musste sich zurücklehnen. Die anderen spreizten ihre Beine weit und fixierten sie in Schlaufen. Jeder konnte ihr nun in die offene Spalte sehen und Madison spürte immer wieder Hände auf sich.

Auch ihr Oberkörper wurde an die Schaukel gefesselt und ihre Arme oben an den Halteseilen festgemacht, an denen sie sich zusätzlich festhalten konnte. Erst als sie ganz festgezurrt war, zog man ihr den Sack ab.

Oh Gott, wie konnte ich mir nur so etwas wünschen?, schoss es ihr durch den Kopf, als sie an sich hinabschaute. Die Realität war nicht annähernd so erregend wie eine erotische Fantasie. Madison war nackt und fast horizontal an eine Liebesschaukel gefesselt und konnte nur noch ihren Kopf frei bewegen. Vor ihr standen zwei Männer und eine Frau, die sie unverwandt anstarrten. Alle drei trugen Skimasken und legere Kleidung – ein Shirt und Jeans –, wobei sich die Hose des Mannes, den sie »Boss« nannten und der sie aus dem Hotelzimmer entführt hatte, im Schritt auffällig beulte.

Die Umgebung wirkte recht düster. Für Madison hatte es den Anschein, dass sie sich in einem mittelalterlichen Verlies befand. Die fensterlosen Wände waren aus Stein; überall waren Haken angebracht und weiter hinten im Raum standen verschiedene »Folterbänke« und Käfige.

Flackernde Fackeln rundeten die Atmosphäre ab.

»Na, Süße«, schreckte der Boss sie aus den Gedanken. Er öffnete die Knöpfe seiner Jeans und holte sein bereits steifes Glied heraus. »Dann kann's ja endlich losgehen!« Er rieb an dem geäderten Schaft auf und ab, der dabei noch länger zu werden schien. Der dunkelrote Kopf, auf dem ein Tropfen glänzte, leuchtete ihr entgegen. Auf einmal bekam Madison richtig Lust, ihn in sich zu spüren, obwohl ihr seine Dicke ein wenig Angst machte.

Auch die Frau, die neben dem Boss stand, starrte auf den Penis. Sie leckte sich über ihre vollen Lippen, so als wollte sie ihn am liebsten in den Mund nehmen.

»Hey, Jess«, fuhr der Boss sie an, »steh hier nicht so rum. Leck der Süßen lieber die Pussy, damit sie schön geschmiert ist, wenn wir sie bearbeiten.«

Madison versteifte sich in den Gurten, als die vermummte Frau mit dem Namen Jess sich zwischen ihre gespreizten Schenkel kniete. Jetzt sah Madison nur noch ihren Kopf und wegen der Maske nur die Augen und den sinnlichen Mund. Aber es war zu dunkel, um ihre Augenfarbe zu erkennen, worüber Madison froh war. Sie wollte keinen der Angestellten identifizieren können, wenn sie ihnen im Hotel über den Weg liefen. Das wäre zu peinlich.

Jess begann, die Innenseiten ihrer Schenkel zu streicheln und zu küssen. Der Stoff der Maske glitt dabei immer wieder über Madisons zartes Fleisch und brachte ihr eine Gänsehaut ein, obwohl das Verlies angenehm temperiert war. Noch nie war sie von einer Frau geküsst worden und schon gar nicht zwischen den Beinen! Aber je näher Jess ihrer Mitte kam, desto mehr pochte Madisons Schoß. Dabei sah sie auf die beiden Männer, die das Schauspiel gierig verfolgten. Während der Boss unablässig an seinem Schwanz rieb, wischte sich der etwas kleinere Mann mit dem Namen Shane seine Hände an der Hose ab.

»Hey, was ist mit dir, Shane? Pack ihn endlich aus, es geht gleich los!«, forderte der Boss ihn auf.

Shane öffnete tatsächlich die Hose, um sein Glied herauszuholen. Aber es lag fast schlaff zwischen seinen Fingern. Kurz schaute er Madison an, bevor er den Blick abwandte und mehrmals die Vorhaut vor- und zurückschob, aber er wollte nicht richtig steif werden. Madison vermutete, dass Shane aufgeregt war. Vielleicht arbeitete er noch nicht so lange im Chateau? Das machte ihn für Madison noch sympathischer.

Jess hatte mittlerweile ihre Spalte erreicht. Die flinke Zunge flatterte über Madisons Schamlippen und brachte ihren ganzen Schoß zum Prickeln. Aber als Jess plötzlich über ihren Kitzler leckte, zuckte Madison und wollte die Beine schließen, aber das ging ja nicht. Jess zwinkerte ihr zu und erinnerte Madison somit daran, dass alles nur ein Spiel war. Die Frau ließ einen Finger auf der leicht geschwollenen Perle kreisen, und nach und nach entspannte sich Madison und ließ sich fallen. Sie genoss die Zungenschläge sowie die streichelnden Hände an ihrem Bauch. Ab und zu saugte die Frau den pochenden Kitzler in ihren feucht-heißen Mund, bevor sie ihre Finger dazunahm, um Madisons Spalte zu massieren.

Nur am Rande bekam Madison mit, wie Shane mit dem Boss flüsterte, der den sichtlich nervösen Mann daraufhin nach vorn schubste und sagte: »Dann lass ihn dir erst mal hart blasen.«

Wie ein begossener Pudel trat Shane neben ihren Kopf, der vor seinen Lenden in der Luft baumelte, nur gehalten von einem breiten Riemen.

»Los, steck ihn ihr schon rein!«, befahl der Boss und schubste Shane erneut, sodass er noch einen Schritt nach vorn machte. Sein weiches Glied berührte Madisons Wange, und sie drehte den Kopf, um es in den Mund zu nehmen. Plötzlich schien Madison hier nicht das einzige »Opfer« zu sein, was ihren Mut und ihre Erregung noch mehr anstachelten. Sie tastete

26

sich mit der Zungenspitze unter die Vorhaut, wo sie an dem kleinen Schlitz spielte.

Keuchend schloss Shane die Augen und suchte mit einer Hand das Seil der Schaukel, um sich daran festzuhalten. Dabei berührte er Madisons Finger, die sie dort ebenfalls in das Seil gekrallt hatte. Während Madison an dem Penis saugte, füllte er sich rasch mit Blut, wurde dicker und länger. Gleichzeitig flatterte Jess' Zunge immer noch über Madisons Kitzler. Es war ein irres Gefühl, selbst geleckt zu werden und zur selben Zeit einen Mann mit dem Mund zu befriedigen.

Shane öffnete die Lider und sah Madison verträumt an, während er mit einer Hand ihre Wange umfasste. Er begann mit den Hüften zu pumpen und trieb seinen Penis tief in ihren Mund. Die harten Bälle in dem weichen, rasierten Hautsack stupsten gegen ihre Backe und Madison roch den maskulinen Duft, den sein Geschlecht verströmte.

»Ja, besorg's der Süßen«, feuerte ihn der Boss an, aber Shane schien ihn nicht zu hören, denn er hatte nur Augen für Madison.

Sie fühlte sich dem Fremden sofort näher. Offensichtlich gefiel sie ihm, denn er bedachte sie mit heißen Blicken, die auf ihrer Haut prickelten, als nähme sie ein Bad in Champagner.

Madison wollte Shane so gern ohne Maske sehen, doch sie wusste, das würde es nur schwerer machen, falls sie ihm noch einmal über den Weg liefe. Aber da er so nah bei ihr stand, erkannte sie trotz des wenigen Lichts, dass er dunkle Augen hatte und etwas hellere Brauen. Sie konnten sich nur anstarren, während die Erregung aller im Raum zu wachsen schien. Selbst Jess' Atem schlug schneller gegen Madisons Spalte, die bereits klitschnass war. Ihr eigener Saft lief ungehindert zwischen ihren Pobacken hindurch.

»Wie sieht es aus, Jess?«, fragte der Boss scharf.

Und als Jess antwortete: »Sie ist so weit«, zog er die Frau von Madison weg und positionierte sich vor Madisons gespreizter Spalte. Der Mann war immer noch komplett angezogen, nur sein riesiger Schwanz ragte aus der geöffneten Hose wie eine gefährliche Waffe. Er zog ihn einige Male durch die nassen Falten, bevor er einfach in Madison eindrang und sie so hart stieß, dass die Liebesschaukel schwankte.

Madison entfuhr ein kehliger Laut, denn darauf war sie nicht vorbereitet gewesen. Ihr Eingang pulsierte um den kräftigen Schaft, den ihr Entführer immer wieder in sie trieb und ihr Inneres gnadenlos dehnte. Sofort drehte Shane den Kopf und bedachte den Mann zwischen ihren Schenkeln mit zusammengekniffenen Augen. Dennoch ließ auch ihn das Schauspiel nicht kalt, denn sein Penis in Madisons Mund wurde härter und die ersten Tropfen liefen aus seiner Spitze. Madison genoss den leicht salzigen Geschmack und lutschte hingebungsvoll an dem geäderten Schaft, bis Shane aufstöhnte.

Jess stand jetzt zwischen den Männern neben Madisons Hüfte und massierte ihre Brüste. Die Berührungen von Jess waren zärtlicher, als es Madison von den Männern her kannte. Unverwandt blickte sie der Frau in die Augen.

»Soll ich lieber gehen?«, fragte sie Madison. Anscheinend sah es für Jess so aus, als wollte Madison nicht gern von einer Frau berührt werden.

Sie schüttelte jedoch leicht den Kopf, ohne Shane aus ihrem Mund zu entlassen, und Jess schien sie zu verstehen. Madison fühlte sich durch ihre Anwesenheit den maskierten Männern nicht ganz so ausgeliefert. Es machte Madison sogar an, dass sich ihre »Entführer« nicht auszogen. Auch Shanes Glied ragte nur aus seinem Hosenschlitz. Mittlerweile war es steinhart.

Madison leckte über die pralle Eichel, den Schaft und die Hoden und genoss Shanes Reaktionen. Immer mehr Vorboten seiner Lust flossen aus der Spitze. Shane schmeckte einfach fantastisch!

Er nahm sie fester ran, trieb seine Härte tief in ihren Mund, bis Madison würgte, aber dann wurde er sofort sanfter und streichelte ihr Gesicht.

Jess war immer noch mit ihren Brüsten beschäftigt und der Boss stieß seinen Schwanz ununterbrochen in sie, bis Shane sich plötzlich aus ihrem Mund zurückzog und neben den anderen trat. »Jetzt bin ich auch mal dran«, knurrte er, wobei er den großen Kerl an der Schulter packte.

»Ist ja gut, Mann, ich brauch sowieso mal 'ne Pause. Wenn wir die Süße abwechselnd ficken, haben wir länger unseren Spaß.«

Bei diesen Worten erschauderte Madison lustvoll.

Shane spießte ihre Muschi nicht auf, wie der Boss es getan hatte, sondern fuhr langsam in sie. Erst als er ganz in ihr steckte, bewegte er sich schneller. Es war so ganz anders mit Shane, viel intimer. Madison wusste nicht genau, was das bewirkte. Vielleicht, weil sie Shane von Beginn an einfach besser hatte riechen können als den Boss? Man sagte ja, dass bei der Partnerwahl olfaktorische Eigenschaften eine wichtige Rolle spielten.

Shane legte seine Hände auf Madisons Popacken und zog sie daran zu seinen Hüften. Dabei ließ er nie den Blick von ihr und auch Madison konnte nicht wegsehen. Der Fremde stieß sie beinahe zögerlich, so als wollte er ihr nicht wehtun. Aber seine sanften Hiebe turnten sie viel mehr an als die grobe Behandlung des Spielführers.

»Fick sie endlich durch, Shane!«, donnerte der Boss.

Shane zuckte leicht zusammen, packte jedoch Madison gleich fester am Gesäß und bohrte sich so tief in sie, bis seine Hüften gegen ihre gespreizten Schenkel klatschten. Er beugte sich nach vorn, saugte abwechselnd ihre Brüste in den Mund, und Jess überließ Shane das Spielfeld, indem sie sich ein Stück zurückzog.

Madison glaubte, den Boss jetzt mit dem Mund befriedigen zu müssen, aber der stellte sich nur Jess gegenüber, die Hände in die Hüften gestemmt, und betrachtete die Szene. Dabei zuckte sein langer Schaft, der über und über mit Madisons Saft bedeckt war. Der große Mann atmete schwer, Flüssigkeit kam aus dem Schlitz an seiner Eichel. Anscheinend war er kurz davor gewesen, abzuspritzen. Er befahl Jess, seinen Schwanz sauberzulecken. Die Frau gehorchte und kniete sich vor den Boss. Schon flatterte ihre Zunge über sein geschwollenes Glied.

Madison und Shane waren für einen Moment unter sich. Er hielt sich an ihren Hüften fest, damit sie ihm nicht entkam, wenn er in sie stieß. Seine Hände streichelten ihren Venushügel und er legte stöhnend den Kopf in den Nacken. Jetzt schien ja alles bei ihm zu klappen – Madison spürte seine Erektion in sich noch härter werden.

Ein Aufschrei ließ die beiden zusammenfahren. Madison und Shane blickten abrupt zum Boss und der Frau. Jess hatte ihre rot lackierten Fingernägel in den Jeanspo ihres Kollegen gekrallt und saugte hart an der dicken Eichel. Sperma lief an ihrem Mundwinkel herunter und ihre Augen blitzten, während der Schwanz des Mannes zwischen ihren Lippen pumpte.

»Du Miststück!«, knurrte er und griff nach der Skimaske der Frau, durch die er ihre Haare packte und sie daran nach oben zog. »Das hast du doch mit Absicht gemacht!«

Unterwürfig starrte sie auf den Boden, aber es war offensichtlich, dass sie sich freute, denn ihre Lippen kräuselten sich.

»Zur Strafe wirst du unsere Gefangene ficken!«, knurrte der Spielführer und wies auf eine Kiste, die weiter hinten im Raum stand. »Zieh dich aus und schnall dir den Gummidildo um!«

Jess gehorchte und entledigte sich all ihrer Kleidung, nur die Maske behielt sie an. Madison und Shane hatten bei der ganzen Aufregung total vergessen, sich zu bewegen, aber Madison spürte Shane weiterhin in ihrer Spalte zucken, während er mit Stielaugen die hübsche Frau inspizierte, die sich gerade einen schwarzen Latexdildo umschnallen wollte. Er war so konstruiert, dass sie sich erst ein Gegenstück, das ebenfalls wie ein Penis geformt war, in ihre Vagina schieben musste.

»Das übernehme ich«, stieß der Boss hervor, dessen fleischiger Penis schon wieder halb erigiert aus seinem Hosenschlitz baumelte. Er durchmaß mit drei großen Schritten den Raum, riss Jess das Toy aus der Hand und rammte es ihr beinahe zwischen die Schamlippen.

Jess stöhnte auf, ihr Saft presste sich seitlich an dem Gummi vorbei und floss an ihren Schenkeln herab.

»Du geiles Luder, dir werde ich es später noch besorgen!« Er befestigte die nietenbesetzten Gurte, die den Dildo in Position hielten, um ihre Hüften, und zog die zierliche Frau dann an einem Arm zu Madison.

»Auf die Seite, Shane!«, befahl der Boss, und Shane gehorchte augenblicklich. Anscheinend konnte er kaum erwarten, wie Jess es der Gefangenen besorgte.

Der Boss schubste Jess zwischen Madisons gespreizte Beine und führte den künstlichen Phallus ein. Er fühlte sich kühl an. Madisons Inneres schloss sich heiß um ihn. Dann gab der Boss Jess einen festen Klaps auf den Po. »Na los!«

Zögerlich griff Jess nach Madisons Taille. Anscheinend hatte sie noch nie zuvor mit einer Frau geschlafen; auch für Madison war das natürlich eine ganz neue Erfahrung. Sie hätte viel lieber wieder Shane in sich gespürt – dennoch faszinierte sie der Anblick. Jess' kleine Brüste wackelten, und der maskierte Spielführer stellte sich hinter sie, um sie in die Nippel zu zwicken, bis sie dunkelrot und spitz abstanden. Dabei ging er leicht in die Knie und rieb seinen Schwanz an Jess' Gesäß.

Offensichtlich genoss die junge Frau die kräftige Behandlung ihres Kollegen, denn sie legte den Kopf zurück gegen seine Schulter und schloss die Augen, während er ihre festen Brüste massierte.

Shane stand nur neben ihnen und starrte auf die Stelle, an der der schwarze Gummidildo in Madison glitt. Shanes Schaft zuckte, mehr Flüssigkeit tropfte aus der prallen Eichel.

Als Jess einen spitzen Schrei ausstieß, hob Shane sofort den Kopf. Nun galt seine Aufmerksamkeit dem Spielführer, der seine Kollegin jetzt anal nahm, wie unschwer zu erkennen war. »Das ist meine Strafe, süße Jess«, murmelte er und stieß so hart zu, dass die junge Frau zeitgleich den Dildo tief in Madison trieb und auch ihr einen kehligen Laut entlockte. Es war eine seltsame Konstellation, und für einen Augenblick wünschte sich Madison, selbst die Frau in der Mitte zu sein. Plötzlich wollte auch sie wissen, wie es sich anfühlte, auf beiden Seiten ausgefüllt zu werden.

Der Boss machte eine einladende Bewegung und forderte Shane auf, ihn ebenfalls von hinten zu nehmen.

Vehement schüttelte der den Kopf, wobei er sogar noch einen Schritt zurückwich.

Der Spielführer lachte dunkel und stieß nur noch fester zwischen Jess' Pobacken. Die junge Frau stöhnte, Schweiß lief zwischen ihren Brüsten herunter und sammelte sich in ihrem

Bauchnabel, doch sie hörte nicht auf, Madison zu rammen. Es war unverkennbar, dass ihr der Dildo in ihrer Muschi zusätzlich große Lust verschaffte.

Madison war ebenfalls sehr erregt, ihr Herz pochte wild und der Puls rauschte immer lauter in ihren Ohren, doch es reichte nicht aus, um zu kommen. Sie konnte sich noch nicht ganz fallenlassen. Immerzu musste sie zu Shane sehen, der jetzt verträumt ihre Brüste streichelte und dem Schauspiel zusah.

Aber dafür schien es bei Jess gleich so weit zu sein. Die junge Frau keuchte immer hektischer, doch da riss der Boss sie zurück. »Nein! Du nicht!«

Madison kam sich nun seltsam leer vor, aber der Spielführer dirigierte sofort Shane zwischen ihre gespreizten Beine, der ohne zu zögern den Platz einnahm und in sie glitt.

Es fühlte sich einfach richtig an, diesen fremden Mann in sich zu spüren. Shane verfiel wieder in seinen sanften Rhythmus, wobei Madison ungewollt sein Name über die Lippen kam.

Als ob auch der Spielführer bemerkt hätte, dass es Madison mehr zusagte, mit Shane allein zu sein, verzog der sich mit Jess nach weiter hinten ins Verlies, wo er die junge Frau auf einen Strafbock drückte. Wie ein umgedrehtes U lag sie nun über dem Gerät, wobei sich ihre festen Pobacken dem Boss vor die Lenden streckten. Die zwei gingen so vertraut miteinander um – lief da etwas zwischen ihnen?

Aber noch bevor sich Madison darüber Gedanken machen konnte, galt ihre Aufmerksamkeit wieder dem Fremden zwischen ihren Schenkeln. Plötzlich schienen Shanes Hände überall auf ihrem Körper zu sein. Er streichelte und massierte jede Stelle – besonders aber ihre Brüste. Mit einer Hand verweilte er an ihrem Kitzler, den er mit reibenden Bewegungen stimulierte, ihn drückte, leicht zwickte und zwirbelte.

Madison konnte sich nicht mehr zurückhalten. Sie spürte, wie sich ihr Inneres fest um Shanes Schaft schloss, während er ein weiteres Mal tief in sie fuhr. Seine Hand verkrampfte sich auf ihrer Brust, er legte den Kopf in den Nacken und fast zur selben Zeit kam auch er in ihr. Er pumpte und füllte sie mit seiner Wärme, dabei hielt er niemals inne. Sein Sperma lief aus ihrer Spalte, während er sie noch fickte, als der Höhepunkt schon vorbei war, beinahe so, als wollte er, dass es Madison besonders lang und intensiv genoss. Ihrer beider Atem ging schwer, ihre Blicke verfingen sich und wollten sich nicht mehr loslassen, bis die anderen beiden hinter Shane auftauchten und er sein bereits erschlafftes Glied aus ihr herauszog.

Als der Boss und Jess Madison losbanden, fühlte sie sich verschwitzt, erschöpft, aber befriedigt. Obwohl sie müde war, entging ihr nicht, wie Shane sie nie aus den Augen ließ. Sein Blick schien zu sagen: »Nehmt eure Finger von ihr, sie gehört mir!«

Gab es so etwas wie Rivalität unter dem Personal? Madison wunderte sich, freute sich jedoch sehr über Shanes Reaktion.

Der Spielführer stellte sie auf die zitternden Beine und die Frau half ihr in den Kimono. »Ich bringe dich jetzt auf dein Zimmer«, sagte Jess, aber Shane trat vor sie und fragte zögerlich: »Darf ich das übernehmen?«

Madison hielt die Luft an. Warum wollte er das tun?

Jess sah zum Boss. Er war hier der Spielführer und traf die Entscheidungen, wie Madison gleich bemerkt hatte.

»Ist dir das recht?«, fragte er Madison, die mechanisch nickte. Daraufhin reichte Jess die Keycard für Madisons Zimmer an Shane. Der legte seine Hand leicht in ihren Rücken, aber beim Losgehen knickten ihre Beine weg, da sie kaum Gefühl darin hatte. Sofort hob Shane sie auf die Arme und trug sie aus dem Verlies. Madison wurde gegen sein verschwitztes Shirt gedrückt, aber sie ekelte sich nicht davor – im Gegenteil. Shane verströmte nach wie vor einen aufregenden Duft, eine Mischung aus Aftershave und Mann, der ihr schon wieder die Hitze in den Schoß trieb.

Sie warf noch einen kurzen Blick zurück und sah gerade noch, wie Jess sich vor dem Spielführer wieder über den Bock legte, sodass sich ihr entblößter Hintern vor seine Lenden streckte. Der Boss holte sein Glied aus der Hose und drang hart in Jess ein, bevor die Tür zufiel. Diese Aktion bestätigte Madisons Vermutung, dass da mehr zwischen den beiden lief. Hatte sich der »Boss« deshalb nicht in sie ergossen, um sich den Spaß für seine Kollegin aufzuheben? Oder wollte er Jess nun lustvoll bestrafen, weil sie ihn hatte kommen lassen? Hatte Jess vielleicht nicht gewollt, dass er sich in sie, Madison, verströmte? Aber die Session war vorbei, es bestand keine Notwendigkeit mehr für den Spielführer, mit seiner Kollegin zu schlafen, außer, die beiden waren vielleicht auch privat ein Paar.

Madisons Gedanken zerstoben, als ihr bewusst wurde, dass sie nun mit Shane allein war. Sie wollte sich emotional nicht zu sehr an einen Mann binden, den sie wahrscheinlich nie wieder sah. Schon jetzt spürte sie, dass sie sich irgendwie nähergekommen waren. Als würde eine unsichtbare Schnur sie beide verbinden.

»Ich glaube, ich kann wieder laufen«, sagte sie und drückte sich leicht von Shane ab.

Er ließ sie tatsächlich los, aber als ihre Füße den Boden berührten, bemerkte Madison, dass sie doch noch nicht sicher auf den Beinen war. Sofort lehnte sie sich an Shane, der einen Arm um ihre Hüften legte und sie in den Lift führte.

Aber Shane machte es ihr nicht gerade leicht, ihm zu widerstehen. Kaum, dass sich die Aufzugtüren geschlossen hatten, zog er sich die Maske vom Kopf.

»Ist das heiß unter dem Ding«, sagte er, wischte sich mit dem Stoff die Stirn ab und stopfte die Maske in die Hosentasche.

Madison konnte ihn nur anstarren.

»Was ist?« Seine Augenbrauen hoben sich. Ihm kam es wohl nicht in den Sinn, dass sie sein Gesicht zum ersten Mal erblickte. Shanes hellbraunes Haar stand wirr in alle Richtungen, was unwahrscheinlich süß aussah. Er besaß eine gerade Nase, hervorstehende Wangenknochen und ein leicht kantiges Kinn. Eigentlich war sein Gesicht nicht übermäßig hübsch, aber es passte einfach alles wunderbar zusammen und daher war es recht attraktiv.

»Du siehst gut aus«, stammelte sie ehrlich, als er sie immer noch fragend anblickte.

Er bedankte sich lachend und strich sich mit den Fingern durch das verstrubbelte Haar, als ihm anscheinend einfiel, warum sie so schaute. »Das Kompliment kann ich nur zurückgeben.« Seine dunklen Augen verschlangen sie förmlich. Shane hatte definitiv Gefallen an ihr gefunden, aber das machte alles nur schlimmer. Madisons Herz schlug mit jedem Stockwerk, das sie höher fuhren, schneller.

»Heißt du wirklich Shane?«, fragte sie zögerlich. Sie wusste, dass ihr der Angestellte sowieso keinen echten Namen nennen würde, aber er überraschte sie: »Ja.« Er sah sie dabei dermaßen aufrichtig an, dass sie ihm das abnahm.

Shane ... Der Name gefiel Madison. Er passte zu ihm.

»Und du?«, wollte er wissen, als sich die Aufzugtüren öffneten und sie in den Flur traten.

Sollte sie ihm ihren Namen verraten? »Madison«, erwiderte sie dennoch und blickte Shane tief in die Augen. Es gab so viele Madisons auf der Welt, was machte es dann schon aus, wenn er ebenfalls ihren richtigen Namen kannte?

Als sie in die Suite traten, hörten sie aus dem Badezimmer schon das Blubbern des Whirlpools. Shane führte sie auf direktem Wege dorthin, streifte ihren Kimono ab und half ihr in die geräumige Wanne. Anschließend zog er sich selbst aus. Mit jedem Teil, das er ablegte, beschleunigte sich Madisons Puls. Shanes Körper war in ihren Augen perfekt. Nicht übertrieben gestylt, nicht zu muskulös. Genau richtig eben, mit breiten Schultern zum Anlehnen und schmalen Hüften, um die sie wunderbar ihre Beine schlingen könnte. Madison seufzte, als er zu ihr in die Wanne stieg und sich ihr gegenüber setzte. Der Mann war von Kopf bis Fuß absolut nach ihrem Geschmack!

Eine Weile genossen beide das heiße Nass und ließen sich von den Massagedüsen verwöhnen. Madison legte den Kopf gegen den Rand der Wanne; das Wasser schwappte ihr bis zum Kinn. Ab und zu blinzelte sie durch ihre halb geschlossenen Lider, um zu überprüfen, ob Shane immer noch vor ihr saß. Sie konnte noch nicht recht begreifen, dass er sich tatsächlich mit ihr im Badezimmer befand.

Plötzlich fühlte sie seinen Fuß an ihrem Knie. Mutig geworden durch diese Berührung, streckte Madison ihr Bein aus und streichelte damit die Innenseiten von Shanes Schenkel. Auch er lag mit geschlossenen Augen im Pool und quittierte ihre Berührungen mit einem zufriedenen Brummen. Als sich Madison jedoch bis zu seinem Schritt vorgetastet hatte und sich ihre Fußsohle gegen seinen Schaft drückte, entfuhr Shane ein Stöhnen. Er war knallhart!

Shane fasste ihren Fuß und zog ihn noch mehr heran. Dabei wusch er ihre Zehen und ehe sich Madison versah, steckte einer davon in Shanes Mund. Vor Überraschung tauchte sie beinahe unter. Sie ruderte mit den Armen, aber Shane war schon neben ihr und lächelte verschmitzt.

»Jemanden, der mit zwei Männern und einer Frau Sex hatte, kann doch so was nicht schocken«, sagte er.

Sollte sie ihm sagen, dass sie das noch nie zuvor gemacht hatte? Shane hatte bestimmt täglich eine oder mehrere Kundinnen, die er befriedigen musste, für ihn war das sicher nichts Neues.

Plötzlich zog sich Madisons Magen zusammen. Sie wollte nicht, dass er vielleicht schon morgen mit einer anderen Frau in dieser Wanne hockte und an ihren Zehen lutschte. Ob er es auch schon mal mit ihrer Kollegin Carol getrieben hatte? Shane grinste sie jedoch so süß an, dass sie förmlich dahinschmolz und ihre Gedanken zerstoben. Er kam immer näher, sein Arm legte sich um ihren Rücken und seine Lippen saugten sich an ihrem Ohr fest. Madison hörte ihn leise keuchen und spürte seinen Atem an ihrem Hals. Shanes Hand wanderte hinauf zu ihren Brüsten, die er mit kreisenden Bewegungen massierte. Dann glitt sie wieder abwärts, aber dieses Mal drückte er seine Handfläche gegen ihren Schamhügel.

»Hast du was dagegen, wenn ich die Berührungen vom Boss abwasche?«, fragte er mit rauer Stimme, wobei das Wort »Boss« aus seinem Mund sehr verächtlich klang. War Shane etwa eifersüchtig auf seinen Kollegen? Passierte ihm das öfter? Das wirkte nicht sehr professionell. Aber vielleicht empfand Shane tatsächlich mehr für sie? Konnte sie ihn womöglich dazu bringen, seine Anstellung im Chateau zu kündigen?

Madison, hör auf zu träumen!, ermahnte sie sich. So ein Mann wie Shane war nichts für sie. Der konnte doch niemals treu sein!

Als sein Handballen über ihren Schamlippen kreiste, konzentrierte sich Madison nur noch auf sein zärtliches Spiel und legte ihre Wünsche, die sich sowieso nie erfüllen würden, in eine imaginäre Kiste ganz hinten in ihren Kopf und drehte den Schlüssel zweimal herum.

Mittlerweile hatte Shane seine Finger in sie geschoben, mit denen er fast schon besitzergreifend ihr Inneres wusch, und Madison spreizte die Beine weiter, weil sie diese Behandlung genoss. Shanes Finger waren lang und schlank, somit kam er besonders tief, was ihr einen Seufzer entlockte.

Plötzlich bemerkte sie wieder, wie intensiv er sie anstarrte. Shanes Gesicht war ihrem ganz nah – sie erkannte jede kleine Falte um seine wunderschönen dunklen Augen. In ihnen lag ein verträumter Ausdruck und Madison verlor sich in ihren Tiefen.

Als Shane auf einmal seine Lippen auf die ihren presste, wobei seine Finger immer noch an ihrer Spalte spielten, vergrub Madison die Hände in seinem feuchten Haar, um ihn fest an sich zu ziehen.

Seine Küsse schmeckten so ehrlich und süß, dass es in Madisons Brust heftig zog. Shane besaß sündhaft weiche Lippen und eine flinke Zunge, mit der er sie immer wieder voller Verlangen neckte. Er zog sie auf seinen Schoß und Madison öffnete ihre Schenkel, bis sich sein steifes Glied drängelnd gegen ihre Scham drückte. Madison zögerte nicht lange, griff nach dem harten Schaft und führte ihn an ihren Eingang. Stöhnend glitt Shane in sie. Auch Madison entwich ein wohliger Laut, denn Shanes dicke Eichel massierte ihr Inneres genau an den richtigen Stellen. Dabei stützte sie sich an seinem Oberkörper ab und fühlte sein Herz an ihre Handfläche rattern.

Shanes Arm fuhr zwischen ihre Körper, um zusätzlich ihre Klitoris zu stimulieren. Er zwirbelte die Knospe zwischen seinen Fingern, genau wie sie es liebte, und es dauerte nicht lange, bis sie kam.

»Fester«, hauchte sie in Shanes Ohr, und der zwickte und rieb ihren Kitzler noch intensiver.

Madison bäumte sich auf. Sie spürte den stahlharten Schwanz in sich zucken, während der eigene Orgasmus sie schüttelte. Shane stöhnte und keuchte mit ihr und trieb sich so lange in sie, bis er alles von sich gegeben hatte. Dabei küssten sie sich, als würden sie ohne den Mund des anderen nicht leben können. Shanes Zunge schnellte im Takt seiner Stöße in ihren Mund und Madison saugte sie gierig ein ...

Eine Weile blieb sie noch mit geschlossenen Augen auf ihm sitzen, ihre Arme fest um ihn geschlungen, und genoss die innige Verbundenheit. Bevor Shane sie von seinem Schoß hob, zog er sein halb erschlafftes Glied heraus, dann fuhr er mit den Fingern zwischen ihre Falten, um sie dort noch einmal zu waschen.

Was für ein Service, dachte Madison. Shane war sehr zuvorkommend. Er half ihr aus dem Pool, trocknete sie beide ab und trug Madison dann zu ihrem riesengroßen Himmelbett.

»Wow, was für ein Service«, murmelte sie diesmal gut hörbar in die Laken, als er sie zudeckte.

»Service?« Er runzelte die Stirn, bevor er »Träum was Schönes« sagte, ihr einen Kuss auf die Wange gab und sich zum Gehen wandte.

Madison hielt ihn am Handgelenk fest. »Kannst du nicht noch ein bisschen bei mir bleiben? Wenn du darfst?«

Shanes Grinsen, das über sein ganzes Gesicht reichte, sagte Madison, dass er auf diese Frage gehofft hatte. Er schlüpfte blitzschnell zu ihr unter die Decken und sein heißer, nackter Körper schmiegte sich an sie. »Warum sollte ich nicht dürfen?«

»Na ja, du gehörst doch zum Personal. Vielleicht hast du ja heute noch ein anderes ... Programm.«

»Was?!« Er lachte herzhaft, bevor er sie auf sich zog. »Und ich dachte, *du* arbeitest hier!«

»Was?!«, rief nun auch Madison, aber dann schmunzelte sie und überhäufte Shanes sündhaften Mund mit Küssen. »Oh, was für ein gemeines Missverständnis! Deswegen hätte ich beinahe ein Magengeschwür bekommen!«

»Die Angestellten vom Chateau wollten wohl zwei Fliegen mit einer Klappe schlagen.«

»Und, wie hat es dir gefallen, deine geheimen Fantasien auszuleben?«, fragte Madison, während sie sich an Shanes Halsbeuge kuschelte und an ihm schnupperte.

»Es war nicht so, wie ich mir das gedacht hatte. All die Leute ... all die Profis um mich herum ...«, wand sich Shane. »Ich hab erst geglaubt, ich bekomme nie einen hoch. Aber als du ihn dann in den Mund genommen hast ... Von da an hatte ich nur noch Augen für dich und die anderen beiden fast vergessen.«

»Fast?«, stichelte sie.

»Na ja, mir hat es überhaupt nicht gepasst, dass sich der andere Typ mit dir vergnügt hat.«

Sie hatte also mit ihrer Vermutung recht gehabt. »Und was ist mit Jess?«

»Die hat mich nicht gestört«, sagte Shane so ernst, dass Madison einen Lachanfall bekam.

»Klar«, erwiderte sie, als sie sich wieder einigermaßen beruhigt hatte, »es stört euch Männer nie, wenn noch eine andere Frau dabei ist.«

Shanes dunkle Augen blitzten vergnügt. »Trotzdem möchte ich dich nicht mehr teilen.«

»Ich dich auch nicht«, flüsterte sie und gab ihm einen Kuss auf die Nase. Sie fühlte sich plötzlich, als würde sie auf Zuckerwatte liegen.

»Licht aus!«, befahl Shane, worauf sich die Beleuchtung sofort automatisch abschaltete. Ein schmaler Streifen silbriges Mondlicht fiel durch das hohe Bogenfenster, und Madison kam sich wie in einem Märchen vor. In einem Märchen, in dem sie die Hauptrolle spielte! Verträumt blickte sie hinaus auf die verschneiten Spitzen der Rocky Mountains, die im Mondschein glitzerten. Madison klammerte sich ein wenig fester an Shane, denn sie konnte noch immer nicht ganz glauben, was gerade passiert war. Shane wollte sie, ganz für sich allein ... hieß das jetzt, sie hatte einen Freund?

Shane gähnte herzhaft. Dabei streichelte er zärtlich über Madisons Rücken. Sie hörte sein kräftiges Herz gegen ihr Ohr schlagen und das gleichmäßige Geräusch lullte sie ein. Ihre Lider wurden immer schwerer.

»Das Hotel hat einen Laden, da könnten wir morgen eine Liebesschaukel kaufen, die nur wir beide ausprobieren«, sagte Shane leise. »Bei mir zu Hause. Na, was denkst du?« Erwartungsvolle Stille breitete sich in der Dunkelheit aus.

»Das halte ich für eine ausgezeichnete Idee«, murmelte Madison an seine Brust und schloss überglücklich die Augen. *Und sie lebten glücklich und frivol bis ans Ende ihrer Tage*, fügte sie schmunzelnd in Gedanken hinzu ...

DUNKELELF

Unschlüssig stand Logan vor der Umkleidekabine und wusste nicht, wie er seinen Auftrag angehen sollte. Hinter dem Vorhang befand sich Nell – die zukünftige Königin der Lichtelfen. Er bräuchte nur seine Waffe zu ziehen, die schwer an seinem Gürtel hing, und die junge Frau zu erschießen. Aber irgendetwas hielt ihn davon ab.

»Inara, verzieh dich! Was ist, wenn uns hier jemand sieht?«, drang Nells glockenreine Stimme durch den Stoff.

Sofort setzte ein fiependes Stimmchen zum Gegenschlag an: »Die Menschen können mich nicht wahrnehmen, das weißt du ganz genau!«

Logan nahm sich vor, einen Blick zu riskieren. Im Moment war er unsichtbar, sowohl für die Menschen als auch für die zwei Wesen in der Kabine. Er musste einfach wissen, was die beiden dort drinnen aushecken! Aber lange würde er seinen Zustand nicht beibehalten können, denn die unvollständige Materialisation verbrauchte sehr viel Energie.

Logan kannte sich mit den Gebräuchen der Menschen mittlerweile gut aus, denn er hatte ihre Lebensweise und ihre Sprache über Jahre studiert. Er wusste, dass er sich in einem Geschäft aufhielt, das sie »Kaufhaus« nannten, und in dem alle möglichen Annehmlichkeiten verkauft wurden. War die zukünftige Herrscherin der Lichtelfen gerade dabei, etwas zu stehlen?

Nachdem sich Logan mehrmals mit beiden Händen durch sein dunkles Haar gefahren war, um es zu bändigen, drückte er mit dem Zeigefinger den Vorhang ein unauffälliges Stück zur Seite. Aber auf diesen Anblick war er nicht gefasst gewesen: Nell stand in dem winzigen Raum mit nichts am Körper, außer ein paar Stofffetzen! Und selbst die waren an einigen Stellen durchsichtig! Logan schluckte schwer.

Die zierliche Frau hielt dem vor ihrer Nase schwebenden Licht ein anderes Kleidungsstück hin, an dem kaum mehr Stoff dran war.

»Oder lieber doch den schwarzen BH? Was meinst du, Inara?«, fragte Nell und strich sich eine lange blonde Strähne hinter ihr Ohr.

Durch Logans Lenden ging ein Zucken; es wurde ihm zu warm unter seinem Mantel und sein Herzschlag beschleunigte sich. Immer, wenn er dieses kleine spitze Ohr sah, wollte er auf der Stelle daran knabbern. Schon als Kind hatten ihn Nells Ohren fasziniert, aber jetzt wurden seine Augen von ihrem makellosen Körper angezogen. Obwohl Nell relativ klein war – sie ging Logan gerade mal bis zur Brust –, besaß sie außerordentlich lange, schlanke Beine, eine schmale Taille und ganz wundervolle Brüste. Nur eine Handvoll groß – aber sie würden sich unter seinen Fingern perfekt anfühlen, da war Logan sich sicher. Wie hypnotisiert starrte er auf die Nippel, die sich unter dem Stoff verhärtet hatten, worauf sein Herz sich beinahe überschlug. Nie hatte er eine hübschere Elfe gesehen, aber sein Volk hatte Logan von Anfang an gewarnt, sich nicht von ihrem schönen Äußeren beeinflussen zu lassen. Nell musste sterben oder das Volk der Lichtelfen würde bald die Herrschaft des ganzen Landes übernehmen, so lautete die Prophezeiung. Und die Dunkelelfen hatten keine Lust, ihren Herrscheranspruch abzugeben und sich einem Lichtelfen unterzuordnen! Wenn sie sich mit einem weiteren Volk verbündeten, würde es bestimmt zum Krieg kommen.

Das faustgroße Irrlicht flatterte wild vor Nells Gesicht hin und her. »Es ziemt sich nicht, vor deiner Hochzeit solche Kleidung zu tragen!«, empörte es sich.

Hochzeit? Logans Magen zog sich zusammen. Nell heiratete?

Natürlich – sie vermählte sich mit einem anderen Herrscher und somit würden sich zwei Königreiche zusammentun. Logan hatte es doch geahnt – die Lichtelfen wollten ihre Macht stärken, um dann die Dunkelelfen zu unterwerfen!

Nein, das wird nicht geschehen, erinnerte ihn eine Stimme in seinem Kopf. *Vorher wird die Prinzessin sterben.*

»Ach, mach doch, was du willst. Ich verschwinde!«, rief Inara plötzlich und sauste durch den Spalt.

Logan wich gerade noch zurück, um eine Kollision zu verhindern, denn auch wenn er unsichtbar war, konnte ihn jemand berühren oder wahrnehmen, wenn er sich durch Geräusche verriet.

Abrupt hielt das kleine Wesen vor ihm inne und starrte in seine Richtung. Logan hielt die Luft an. Das Irrlicht schwebte eine Weile vor seiner Nase, die feingliedrigen Ärmchen in die winzige Taille gestemmt. Konnte es ihn sehen?

Inara ... Mehr als einmal hätte Logan diese plappernde Nervensäge in seiner Faust zerquetschen wollen, aber er hatte sich jedes Mal zurückgehalten, weil er wusste, dass Nell das Irrlicht liebte, auch wenn sich die beiden ständig stritten.

Gerade als Logan überlegte, Inara in der Tasche seines langen Mantels einzusperren, schüttelte sie seufzend das Köpfchen und löste sich mit einem leisen Plopp auf.

Logan atmete auf, aber das Schwierigste stand ihm noch bevor: Er hatte einen Befehl auszuführen.

Was war er doch für ein jämmerlicher Killer … Jahrelang hatte er sich auf diesen einzigen Mordauftrag vorbereitet. Er war ein Meister der Kampfkunst und wurde in den Gebrauch verschiedenster Gifte unterwiesen, und jetzt pochte ihm das Herz so heftig, als wollte es seine Rippen sprengen. Aber er wusste, es lag nicht an der Aufregung, sondern an der wunderschönen Frau, die nur durch einen Vorhang getrennt neben ihm stand – halb nackt!

Nein, es wäre unwürdig sie umzubringen, wenn sie keine Kleidung trug, er wollte abwarten, bis sich eine bessere Gelegenheit bot.

Seine Kiefer pressten sich so heftig aufeinander, dass Logan befürchtete, seine Zähne dadurch zu pulverisieren. Aber er hatte drei Tage Zeit. Drei Tage, in denen er seinen Auftrag erledigen musste, bevor sich die Macht der Lichtelfen vergrößerte.

Nicht, dass die Lichtelfen ein gewalttätiges, grausames Volk wären, das die anderen Elfenstämme versklavte, aber die Dunkelelfen zogen es vor, unter sich zu bleiben, weit oben in den Bergen, den Höhlen und Tunnelsystemen. Bei ihnen herrschten noch die guten alten Sitten: Sklaverei, Unterdrückung und Ausführen schwarzer Zauber waren an der Tagesordnung. Logan war zwar kein Fürsprecher der alten Gebräuche – dafür hatte er zu lange unter den Lichtelfen gelebt –, aber er war nun einmal kein Lichtelf. In seinem Körper floss schwarzes Blut …

Logan beschloss, einen weiteren Blick zu riskieren. Abermals drückte er den Vorhang ein Stück zur Seite und sog scharf die Luft ein. »Ver...!« Schnell biss er sich auf die Lippe, denn Nell hob den Kopf, weil sie ihn bestimmt gehört hatte, doch dann widmete sie sich wieder dem Kleiderhaufen, der sich auf dem Hocker vor ihr türmte.

Verdammt, nun stand dieses Luder von einer Elfe splitternackt in der Kabine! Logans Blick schoss zuerst auf ihre festen, apfelgroßen Brüste, deren Nippel ihm spitz entgegenstanden, doch dann saugte er sich an dem schmalen Streifen blonder Haare fest, der zwischen ihren Beinen wuchs. Nur der zierliche Spalt war bedeckt, ansonsten sah sie dort unten aus wie Mutter Natur sie schuf! Hatte sie sich etwa die Haare entfernt? Und was war das für eine seltsame Zeichnung auf ihrem Venushügel? Sie wirkte beinahe wie ein lebendiger Schmetterling ... wie ein Tattoo! Logans eigener Körper war voll davon: schwarze Schnörkel und geheimnisvolle Muster, die seine gesamte Rückseite zierten, aber Logan hatte noch nie davon gehört, dass auch Lichtelfen jene Stammeszeichen besaßen ... und dann ausgerechnet einen Schmetterling auf dem Schamhügel?

Als Nell sich nach dem Kleidungsstück bückte, das ihr soeben aus der Hand geglitten war, streckte sie ihm ihren runden Hintern entgegen. Logan verkniff sich einen weiteren Laut, noch mehr Blut schoss in seinen Unterleib und sein Schwanz zuckte. Logan konnte nicht nur die kleine Öffnung zwischen ihren Pobacken erkennen, sondern auch den zierlichen Spalt mit dem blonden Haarflaum. Bei allen Göttern – wie gern er jetzt mit seinem Schwanz in ihr enges Loch gefahren wäre, egal in welches, denn er sehnte sich so sehr nach Erlösung, dass es schon schmerzte!

Mit einer Hand befühlte Logan seine eigenen Nippel. Da er unter dem langen Mantel kein Hemd trug, spürte er seine zu Kügelchen zusammengezogenen Brustwarzen an den Fingerspitzen, ebenso sein Herz, das ungestüm pochte. Dann glitten seine Finger an dem flachen Bauch hinab in die schwarze Lederhose, um den eingezwängten Ständer in eine bequemere Position zu bringen, doch Logan keuchte auf, als er den knallharten Schaft umfasste. Heiß pochte er in seiner Hand. Mit dem Daumen strich Logan über die glatte Spitze und fühlte, dass sie bereits mit seiner Sehnsucht nach dieser Frau durchtränkt war. Er war so feucht, dass er ohne Mühe in Nell eindringen könnte, wenn er wollte.

Ein echter Dunkelelf hätte keinen Wimpernschlag gezögert, um sein Verlangen zu stillen. Logan bräuchte nur seinen Schwanz herausholen, einen Schritt nach vorn treten, in Nells Spalt fahren und so lange hineinrammen, bis er ... Schnell zog er seine Hand zurück oder er würde auf der Stelle kommen!

Nur mit Anstrengung unterdrückte Logan ein Stöhnen. Sollte er es sich schnell selbst machen, während er Nell dabei zusah, wie sie sexy Unterwäsche anprobierte? Niemand könnte ihn sehen.

Nein, so tief war er dann doch noch nicht gesunken. Er war ein Killer ... Er konnte warten, sich beherrschen. Sein Volk hatte ihn nicht umsonst mit dieser wichtigen Aufgabe betraut. Logan würde sich gedulden, wie schon seit so vielen Jahren ...

Er ließ die andere Hand sinken und der Vorhang glitt wieder an seinen Platz. Mit geschlossenen Augen lehnte Logan sich gegen den Rahmen der Umkleidekabine und versuchte, seinen rasenden Puls sowie das Hämmern in seinem Schritt zu ignorieren und sich darauf zu konzentrieren, unsichtbar zu bleiben. Was hatte diese kleine Lichtelfe nur an sich, dass er so extrem auf sie reagierte?

Leider konnte er sich diese Frage nicht mehr beantworten, denn Nell schlüpfte nur knapp an ihm vorbei aus der Kabine und ging auf den Ausgang zu. Dabei wippte ihr langes blondes Haar auf ihren Hüften, die in einer sehr aufreizenden dunkelblauen Hose steckten. Für Logans Geschmack saß sie viel zu eng, und auch das knappe rosarote Oberteil verdeckte nicht einmal Nells Taille!

Sofort heftete er sich an ihre Fersen, aber da schien er nicht der Einzige zu sein. Als Nell nämlich den Ausgang passierte, erklang ein schriller Ton, der Logan dazu veranlasste, seine Waffe zu ziehen. Sofort kam ein Mann angelaufen, der Nell bis auf die belebte Straße hinaus verfolgte, sie am Arm packte und somit zum Stehen zwang.

Nells Augen wurden groß. Sie versuchte, sich loszureißen, aber der Mann war stärker.

»Ò le ní mei!«, rief Nell in ihrer Verzweiflung, doch der elbische Bannspruch würde in dieser Welt nicht funktionieren, wusste Logan, denn dort wirkten nur mächtige Zauber, aber Nell schien das in ihrer Panik vergessen zu haben.

»Verdammt!«, fluchte Logan. Er konnte nicht mit ansehen, wie Nell sich vor dem Mann fürchtete, der sie des Diebstahls bezichtigte, und ihm immer wieder denselben Zauber entgegenschleuderte. Murrend machte er sich hinter dem Kerl sichtbar, aber da Logan ein Stück größer war, überragte er ihn, worauf Nell ihn sofort erblickte. »Logan! Was machst du hier?!«

Logan berührte den anderen Mann an der Schulter. »Entschuldigen Sie, aber meine Schwester ist etwas verwirrt«, sagte er in der Sprache der Menschen. Der Detektiv ließ Nell daraufhin abrupt los, und Logan zog die Elfe schnell von ihm weg.

»Ich hatte die Situation total unter Kontrolle, B r u d e r!«, motzte Nell ihn gleich an.

Tatsächlich starrte der Mann nun ins Leere, drehte sich dann wie in Trance um und ging in den Laden zurück, so als wäre nichts geschehen.

»Was ...?!« Es erstaunte Logan, wie stark Nells Magie in dieser Welt war, denn ihr Vergessenszauber schien gewirkt zu haben. Außerdem verstand sie die Sprache der Menschen! Schnell ließ Logan die Waffe wieder unter seinem Mantel verschwinden, bevor Nell sie sah und noch Fragen stellte.

Nells Unmut wich jedoch heller Freude. Lachend fiel sie ihm um den Hals und umarmte ihn fest. »Was machst du denn hier?«

Weil er darauf im Moment keine Antwort wusste, konterte er: »Wie siehst du überhaupt aus?«

Nell löste sich von ihm und drehte sich einmal im Kreis. »Die Hose nennt man Jeans und das Oberteil ist ein bauch-freies Top. Gefällt es dir? Ich habe mich angepasst, um nicht aufzufallen!«

»Indem du stiehlst?«, knurrte er, um sie auf Abstand zu halten. Sein Schwanz war immer noch halb erregt und Nell brauchte nicht zu merken, wie es um ihn bestellt war. »Wir sollten schnell weg von hier, bevor der Kerl wieder zu sich kommt!«

Leider veranlassten seine Worte Nell dazu, ihn abermals zu umarmen. Sie schmiegte ihren Kopf durch den aufgeknöpften Mantel an seine nackte Brust, murmelte einen weiteren Spruch und schon drehte sich die Welt vor Logans Augen. Sie lösten sich auf und einen Atemzug später stand er mit Nell in einem geschlossenen Raum. Diese kleine Hexe hatte sich, ohne ihn zu fragen, gemeinsam mit ihm teleportiert!

Ohne Nell loszulassen, inspizierte Logan seine Umgebung: Die Wände waren massiv und mit weißer Farbe gestrichen. Ein breites Bett und weitere Möbelstücke standen im Zimmer, und darum verstreut lagen unzählige Kleidungsstücke auf dem Boden, in allen Farben und Formen. Sie befanden sich also immer noch in der Menschenwelt.

»Wo sind wir hier?«, fragte Logan.

Nell seufzte an seinem Hals. »Willkommen in meinem vorübergehenden Zuhause.«

»Dein ...« Jetzt verstand Logan. Hier hielt sich Nell also versteckt, und sie hatte ihn selbst hierher gebracht ... Welchem Auftragskiller wurde es so einfach gemacht?

Immer noch hielt sie seine Hüften umschlungen, doch ihre Nase hatte sie nun unter seine Achsel gesteckt. »Hmm, du riechst so gut! Ich habe deinen Duft schon immer gemocht.« Sie nahm einen tiefen Atemzug, bevor er sie wegdrückte. »Hey, lass das, Nell!«

Logan kannte diese quirlige Elfe schon fast sein ganzes Leben. Bereits als kleiner Junge hatte sein Volk ihn auf diesen Tag vorbereitet. Über Jahre hinweg hatte er sich Nells Vertrauen erschlichen, war ihr bester Freund geworden ... nur damit er sie töten konnte, wenn sie es am wenigsten erwartete. Denn Lichtelfen waren mächtige Wesen. Sie beherrschten Zauber, die einen Dunkelelfen innerhalb eines Herzschlags vernichten konnten.

Aber auch Logan kannte sehr wirkungsvolle Sprüche. Er hatte jedoch nicht vor, Nell mit Magie zu töten, nicht in der Menschenwelt, denn es durfte kein Verdacht auf sein Volk fallen. Wenn er Nell erschoss, würden die Lichtelfen glauben, es wäre die Tat eines Menschen gewesen.

Das Volk der Dunkelelfen, *sein* Volk, hatte bereits vor Jahren gewusst, dass die Lichtelfen ihre zukünftige Herrscherin in der Menschenwelt verstecken würden, wo kaum dunkelelbische Magie wirkte, zumindest keine tödliche. Deshalb wurde Logan der Gebrauch einer menschlichen Schusswaffe beigebracht. Dadurch konnte Nell in der Menschenwelt sterben ...

Unbewusst drückte er sich an sie und steckte seine Nase in ihr goldblondes Haar. Auch Logan hatte Nell schon immer gut riechen können, aber jetzt duftete sie nicht nach den Wiesen, Wäldern und Blumen ihrer Heimat, sondern anders – aber keineswegs unangenehm. Wahrscheinlich handelte es sich um eines dieser Duftwässerchen, das die Menschen mit Vorliebe benutzten.

Abermals erweckten Nells spitze Ohren Logans Aufmerksamkeit, weil eines davon seine nackte Brust kitzelte. Hitze strömte in seinen Schwanz, der schon wieder so hart war, dass er gleich die Hose sprengte, und Nell, diese kleine Nymphe, besaß die Frechheit, über seine erigierten Nippel zu lecken!

Urplötzlich schoss ihm eine längst verdrängte Erinnerung in den Kopf: Er sah Nell als junges Mädchen im tiefen Gras liegen, versteckt vor neugierigen Blicken, während er, nur ein wenig älter an Lebensjahren, auf ihr lag und Nell küsste ... ihren zuckersüßen, sinnlichen Mund küsste, als gäbe es kein Morgen. Nell und er hatten ein paar Mal das Küssen geübt und er hatte das ausgenutzt, solange er noch nicht erwachsen war, denn der Kuss eines ausgewachsenen Dunkelelfen konnte für Lichtelfen tödlich sein ... *jetzt* wäre sein Kuss tödlich für Nell. Das war eine Vorsichtsmaßnahme der Dunkelelfen, damit sich ihre Rassen niemals vermischten. Die Waffe in seinem Gürtel war nur eine Alternative, falls er es nicht schaffte, sie auf diese Art ...

»Logan, was machst du eigentlich in der Menschenwelt? Niemand weiß, dass ich hier bin«, holte sie ihn aus seinen Gedanken.

»Ich ... äh ...« Was sollte er Nell nur sagen? Ihre Zunge auf seinen Brustwarzen brachte ihn fast um den Verstand, doch es fühlte sich so verdammt gut an!

»Bist du der Bodyguard, den Inara mir schicken wollte?« Nell hauchte gegen seine feucht gelutschten Nippel und strich dann wieder mit der Zunge darüber.

Ohne zu zögern bejahte er und drückte sie von sich, aber

Nell umarmte ihn abermals. »Ich bin so froh, dass du es bist! Du hast mir so gefehlt!«

Warum schmerzte es ihn plötzlich, dass sie so viel Vertrauen in ihn besaß? Und warum benahm sie sich ihm gegenüber dermaßen seltsam? So aufdringlich?

»Was soll das, Nell?«, fragte er außer Atem und versuchte sie von sich zu schubsen, doch sie rieb sich an ihm wie eine Katze.

»Ich bin hier so einsam, Logan.« Eng schmiegte sie sich an ihn und flüsterte: »Und ich weiß, dass du auf mich stehst, das kann ich fühlen!«

Geschickt wich er ihr aus und ließ sie mitten im Zimmer stehen, dann holte er die Waffe aus dem Hosenbund und zeigte sie ihr.

»Oh ...« Eine sanfte Röte, die ihr ganz ausgezeichnet stand, breitete sich um ihre Nase aus. »Was ich da gerade gespürt habe, war also nicht ...«

»Nein!«, sagte er hastig, wobei er noch ein paar Schritte zurückmachte und so tat, als würde er seine Umgebung genau untersuchen. »Da muss ich dich wohl enttäuschen.«

Logan trat an das einzige Fenster und starrte tief hinunter auf den Stadtverkehr, bevor sein Blick zum Horizont wanderte. Die Sonne war bereits hinter den Hausdächern verschwunden – die Nacht brach herein. Das war die Zeit, in der er sich am wohlsten fühlte.

»Wenn du jetzt mein Bodyguard bist, dann wirst du mir nun sicher nicht mehr von der Seite weichen, oder?« Nell war neben ihn ans Fenster getreten. Logan spürte, dass sie ihn intensiv musterte, aber er sah sie nicht an.

»Hmm«, brummte er stattdessen. Nell stand so dicht neben ihm, dass er ihre Körperwärme wahrnahm.

»Dann fühl dich hier wie zuhause«, fügte sie hinzu und

zerrte ihn am Ärmel. »Lass uns doch was unternehmen! Ich sterbe vor Langeweile. Und Inara ist nicht da – ich kann machen, was ich will!«

Jetzt schaute Logan sie doch an und sofort huschte ein Schatten über Nells Gesicht. »Gut, ich sehe ja ein, dass ich mich unauffälliger verhalten sollte, wo ein Mörder hinter mir her ist.«

Als sie das Wort »Mörder« aussprach, zuckte er unmerklich zusammen und wischte sich die feuchten Hände an seiner Hose ab.

»Aber wir können ja auch hier was machen, wollen wir uns vielleicht einen Film ansehen? Bitte, Logan!«

Logan erinnerte sich wieder an ihre gemeinsame Kindheit, als sie sich beide ab und zu heimlich in die Menschenwelt transloziert hatten, um ins Kino zu gehen, denn Nell liebte diese flimmernden Bilder. »Okay«, erwiderte er; das würde seine Gedanken vielleicht in eine andere Richtung lenken. »Aber erst muss ich mal ...« Er brauchte dringend eine Dusche. Sein Auftrag trieb ihm aus sämtlichen Poren den Schweiß. Außerdem konnte er sich eventuell schnell Erleichterung verschaffen, denn sein Schwanz war immer noch hart wie Granit.

»Ähm, klar, also das Badezimmer ist gleich dort! Ich freu mich schon so!« Grinsend wies ihm Nell den Weg, aber Logan war nicht nach Spaß zumute. Schnellen Schrittes ging er in den angrenzenden Raum, zog sich aus und stellte sich in die Duschkabine. Als das warme Wasser über seinen Körper rieselte, umschloss er sofort seinen aufgerichteten Schaft, um mit kräftigen Bewegungen darüberzustreichen. Er tat sich etwas Seife auf die Handfläche und tauchte dann die Eichel in seine glitschige Faust. Ja ... Das war gut. So in etwa musste es sich anfühlen, wenn er in Nells feuchtes, heißes Loch stieß.

Logan schob die dünne Haut über dem harten Kern seines Schaftes vor und zurück, wobei er nicht gerade sanft mit seinem Schwanz umging. Er brauchte es jetzt schnell und hart, immer das Bild von Nells kleiner Spalte vor Augen.

Ein Ziehen in seiner Peniswurzel kündigte den erlösenden Höhepunkt an. Logan musste nur noch zweimal in seine Faust rammen, dann zog sich ein kribbelndes Pulsieren von seinem Unterleib über die Wirbelsäule und erfasste seinen ganzen Körper. Ohne dass ihm auch nur ein Laut über die Lippen kam, pumpte er den Saft aus seinen Lenden, der dick und klebrig gegen die Fliesen schoss ...

***

»Hinterhältiger Waldgeist«, murmelte Logan, als er aus der Duschkabine stieg und sich abtrocknete. Seine Kleidung, die er auf einen Hocker gelegt hatte, war verschwunden. Zum Glück hatte er die Waffe zuvor auf dem hohen Badschrank versteckt, wo Nell sie nicht sehen konnte. Logan schlang sich ein Handtuch um die Hüften und holte dann den Revolver herunter, bevor er einen Blick in den Spiegel riskierte. Bartstoppeln zierten sein Gesicht, und auf der Suche nach einer scharfen Klinge bemerkte er das Chaos auf der Ablage über dem Waschbecken. Unzählige Schminkstifte, Döschen und Flakons lagen dort verstreut ... *Kleine, chaotische Nell ...*

Logan spürte das Gewicht der Waffe in seiner Hand und sah in das verspiegelte Glas. Seine dunklen Augen starrten ihn beinahe anklagend an, woraufhin er schnell die Lider schloss.

Nell ... Er würde jetzt nach nebenan gehen, den Lauf auf sie richten und abdrücken. Logan wusste, was geschehen würde, wenn er den Auftrag vermasselte. Er wäre selbst dem Tode geweiht.

Nachdem er mehrmals tief durchgeatmet hatte, schaute er wieder in den Spiegel. Seine Augen hatten nun einen kalten

Glanz angenommen und die Bartstoppeln ließen sein Gesicht noch unheimlicher erscheinen. Wasser tropfte aus seinem dunklen Haar und lief wie Perlen über seine hohen Wangenknochen.

»Scheiß auf eine Rasur«, knurrte er, bevor er ins Schlafzimmer schlich.

In dem Raum brannte keine Lampe, die Vorhänge waren zugezogen und schlossen das letzte Licht des Tages aus, dennoch nahm Logan seine Umgebung bestens wahr. Nell lag nur einen Schritt von ihm entfernt auf dem breiten Bett, zusammengerollt wie ein Eichhörnchen, und schien zu schlafen. Sie musste die Kleidung gewechselt haben, denn jetzt trug sie nur ein Hemd, das ihr knapp über die Pobacken reichte.

Obwohl Logan soeben heftig in seiner Hand gekommen war, zuckte es in seinen Lenden und er spürte, wie sich seine Hoden zusammenzogen. Verdammtes Weib! Sie machte es ihm nicht gerade einfach.

Sein Arm zitterte, als er ihn ausstreckte, um damit auf Nell zu zielen. Sie sah so unschuldig aus, wie sie so friedlich dalag, und sein Herz verkrampfte sich.

Über Logans Lippen huschte ein Schmunzeln, denn er wusste sehr wohl, was für ein Wildfang sie wirklich war. Hätte er jemals die Aussicht auf eine Heirat gehabt – seine Elfe hätte so sein müssen wie Nell. Ohnehin hatte er all seine letzten Errungenschaften immer mit ihr verglichen, was wahrscheinlich nur daran lag, dass sie einfach zu viel Zeit miteinander verbracht hatten. Logan wusste wie Nell duftete, wie sie sich bewegte und was sie sagen wollte, noch bevor sie den Mund aufmachte.

Für einen Moment kam ihm der Gedanke, sie beide zu erschießen. Er könnte ohne Nells Lachen und ihre Sticheleien selbst nicht mehr existieren.

Als er den Hahn vorspannte, klickte es leise.

»Logan?« Sofort schien Nell hellwach. Sie setzte sich im Bett auf und starrte in seine Richtung, doch er wusste, dass sie im Dunkeln nicht so gut sah wie er. »Bist du das?«

Schnell ließ er die Waffe sinken. »Hmm.«

»Komm!« Sie klopfte neben sich auf die Matratze. »Lass uns endlich einen Film ansehen.«

»Wo sind meine Sachen?«, fragte er. Seine Stimme vibrierte leicht und durch seine Ohren rauschte das Blut.

»Ich hab sie in den Schrank gelegt«, sagte sie in einem so unschuldigen Ton, dass Logan sofort wusste, welche Absicht sie damit verfolgt hatte.

Oh ja, Nell war ein richtiger Kobold, schon immer gewesen!

Er schritt hinüber zu dem Möbelstück, aber plötzlich ging das Licht an und Logan wirbelte herum, wobei er den Revolver hinter sich versteckte.

Nell hatte eine kleine Lampe neben dem Bett angeknipst. »Du willst doch jetzt nicht wirklich wieder in deine unbequeme, miefende Hose steigen?«

Unbequem? Miefend? Logan liebte seine Wildlederhose!

Auf einmal sprang Nell auf und drückte sich an ihm vorbei zum Schrank, aus dem sie etwas Schwarzes holte. »Hier, die hab ich für dich besorgt, ich wollte sie dir eigentlich schenken, bevor ich ... Na ja, ich weiß nicht, ob wir uns nach der Hochzeit noch oft sehen werden. Ich werde Königin sein und nicht mehr viel Zeit haben.« Obwohl sie so salopp sprach, klang sie sehr bedrückt und Logan hätte sie am liebsten umarmt.

»Du weißt doch, dass ich heiraten werde, oder?«

Er zuckte nur mit den Schultern, weil ihn der Gedanke daran zu sehr schmerzte.

Nell gab ihm den dunklen Stoff, der sich unwahrscheinlich weich anfühlte.

Logan nahm ihn an sich, die andere Hand noch immer hinter seinem Rücken. »Was ist das?«

»Seiden-Shorts«, erklärte sie ihm. »Und nein, ich hab sie nicht gestohlen. Schau nicht so vorwurfsvoll! Ich habe sie gegen meine Ohrringe getauscht. Die Verkäuferin war ganz wild auf die funkelnden Steine.«

»Schwarze Unterhosen?«, wunderte sich Logan. Warum machte Nell ihm ein derartiges Geschenk?

»Ja, schwarz ist doch deine Lieblingsfarbe, auch wenn ich das überhaupt nicht verstehe«, erwiderte sie, als wäre es nichts Ungewöhnliches, einem guten Freund Unterwäsche zu kaufen, immerhin führten sie nicht »so eine« Beziehung, aber sofort versteifte sich Logan. Er stand hier vor Nell, nur mit einem Handtuch bekleidet. Verflixt, er musste aufpassen, dass sie die Tattoos auf seinem Rücken nicht sah! Nell würde sofort wissen, dass er ein Dunkelelf war. Außerdem hielt er immer noch die Waffe in seiner großen Hand versteckt. »Danke«, sagte er, dann entspannte er unauffällig den Hahn des Revolvers, während er sich räusperte. »Sie gefällt mir.«

»Na los, probier sie schon an!«, forderte sie ihn auf.

Logan befand sich in einer Zwickmühle. An ihr vorbei ins Badezimmer konnte er nicht und ihr den Rücken zuwenden, konnte er auch nicht oder Nell würde die Stammeszeichen sehen.

»Könntest du dich vielleicht umdrehen?«, fragte er mit rauer Stimme.

Sie seufzte mit rollenden Augen, bevor sie kehrt machte und sich auf das Bett fallen ließ. Diesen Moment nutzte Logan, um das Handtuch loszulassen und in die Shorts zu schlüpfen, dann schlich er Nell hinterher und ließ die Waffe unauffällig unter dem Bett verschwinden.

Nell lag vor ihm auf dem Bauch, in die Betrachtung von zwei DVD-Hüllen vertieft, wobei ihre milchigen Pobacken unter dem kurzen Hemd hervorlugten.

Logan schluckte und griff sich unbewusst in den Schritt. Die feine Seide auf seinen Hüften fühlte sich verdammt gut an, bestimmt läge sein Schwanz zwischen ihren Beinen auch so ... Bei allen Göttern, was war nur los mit ihm?

»Hmm, was magst du sehen?«, wollte Nell wissen, ohne zu ihm aufzublicken. »›Herr der Ringe‹ oder ›Legende‹? Ich finde es immer so witzig, wie sich die Menschen unsere mystischen Welten vorstellen.«

»Egal.« Seine Stimme glich mehr einem Krächzen, und er konnte nur weiterhin auf ihren wohlgeformten Hintern blicken.

Warum war er noch mal hier?

Nell entschied sich für »Legende« und murmelte etwas, das sich wie »Jack sieht total heiß aus« anhörte, dann legte sie die DVD in das Abspielgerät, nicht ohne ihm wieder ihren süßen Po vor die Nase zu strecken.

Sofort war sein Schwanz knallhart. Wie versteinert starrte Logan auf ihren süßen Spalt mit dem blonden Haarflaum. Um ihren rosigen Eingang glitzerte es – Nell war feucht!

Miststück!, fluchte er in Gedanken. Je älter Nell wurde, desto verdorbener erschien sie ihm. Und so eine wie sie wurde die zukünftige Königin ihres Volkes! Logan sollte dieser kleinen Elfe mal zeigen, wo es langging. Sie unter sich werfen, ihre Beine spreizen und mit seinem dicken, harten Schwanz so lange in sie rammen, bis er ihr diese Flausen ausgetrieben hatte!

Verflucht – er stand schon wieder kurz davor, abzuspritzen!

Als der Film endlich im Gerät lag, kuschelte sich Nell unter die Decke und klopfte auf den leeren Platz neben sich. »Logan, was ist heute nur los mit dir?«

»Nichts«, erwiderte er schnell, löschte die Nachttischlampe, schlüpfte zu Nell unter die Laken und lehnte sich mit dem Rücken an der Wand an. Die Decke raffte er dabei unauffällig in seinem Schoß, denn seine Shorts wurden mächtig aufgespannt!

Erst nachdem der Fantasy-Streifen schon eine Weile gelaufen war, wobei Logan dem Fernseher kaum Beachtung schenkte, entspannte er sich. Auch sein erigiertes Glied war gerade dabei, wieder abzuschwellen, als sich Nell plötzlich an seine Brust schmiegte. Sie seufzte verträumt und streichelte dabei über seinen Bauch. »Lily und Jack sind so ein süßes Paar!« Dann schob sie sich ein Knabbergebäck zwischen die Lippen, und ein paar Brösel landeten in seinem Bauchnabel, in den sie kurzerhand ihre Zunge dippte.

Logan entfuhr ein Keuchen, sein Schwanz pochte wild unter der Decke. Früher hatte er sich nie etwas dabei gedacht, wenn Nell sich an ihn gelehnt hatte, zumindest hatte er dabei nicht diese verdorbenen Gedanken gehabt, die ihm jetzt durch den Kopf gingen. Wenn Nell ihn weiterhin so provozierte, würde Logan seine stille Drohung in die Tat umsetzen und diese verführerische Prinzessin gehörig rannehmen!

Logan legte wie zufällig einen Arm auf ihren Rücken, um sie noch ein wenig besser zu spüren. Nell fühlte sich warm und weich an, obwohl sie sehr schlank war. Dennoch besaß sie all jene Kurven, die das Herz eines Elfenmannes höher schlagen ließen, oder, wie in Logans Fall, die sich seinen Schwanz aufrichten und nach ihr sehnen ließen.

Während Nell weiterhin an den Chips knabberte, konnte Logan nur hoffen, dass sie nicht bemerkte, wie es um ihn bestellt war. Aber es war ein verdammt schönes Gefühl, sie so nah bei sich zu haben.

»Hier probier mal!« Unvermittelt schob sie ihm eine Kartoffelscheibe in den Mund und er biss darauf, dass es krachte.

»Schmeckt wie Gift!« Logan griff neben dem Bett nach einer Flasche Wasser, von der er in vollen Zügen trank, um das würzige, aber künstliche Aroma von seiner Zunge zu spülen. »Wie bringst du das Zeug nur runter?«

»Einfach schlucken.« Sie grinste, und Logan sah genau, wohin sie blickte: Auf die Beule in seinen Shorts, denn dass Bettlaken war verrutscht. »Ich bin gut im Schlucken.«

Nein, so sprach keine angehende Elfenkönigin, befand Logan und stöhnte innerlich, die Flasche immer noch an seinen Lippen.

»Ich bin nicht die brave Prinzessin, für die mich alle halten. Du müsstest das doch wissen.«

»Ja, das habe ich auch schon festgestellt«, murmelte er in den Flaschenhals, bevor er noch einmal trank.

»Ich liebe mein Leben als freie, unabhängige Frau und ich möchte nicht in ein Leben voller Konventionen gedrängt werden. Ich will weiterhin mit dem Mann schlafen, auf den ich gerade scharf bin!« Ihre Hand wanderte an seinem flachen Bauch hinab und verschwand im Bund seiner Hose.

Logan verschluckte sich am Wasser.

»In den nächsten Tagen entscheidet sich, ob ich sterbe oder heirate«, fuhr Nell ungerührt fort, seinen Hustenanfall ignorierend, und kraulte dabei das Schamhaar am Ansatz seines Schaftes, was Logan den Schweiß aus allen Poren trieb. »Beides ist für mich gleich schlimm. Also möchte ich noch einmal als freie, lebendige Frau mit meinem besten Freund schlafen.«

Urplötzlich zog sie ihm die Shorts ein Stück nach unten und sein steifer Schaft federte ihr entgegen.

Vergessen war der Film. Die flimmernde Scheibe diente nur noch dazu, sein zuckendes Geschlecht zu erhellen – hart wie Granit präsentierte es sich Nells Augen. Sie umschloss den

Schaft mit einer Hand und Logan fühlte, wie er darin pochte, so schnell wie es auch sein Herz gerade tat.

Nells Daumen glitt über seine Spitze, die prall mit Blut gefüllt war und daher purpurrot glänzte, und verteilte die ersten Tropfen, die aus dem Schlitz liefen. Ihre zärtlichen Berührungen schossen wie kleine Blitze seinen Schwanz entlang in seinen Körper und entfachten darin einen Flächenbrand mit katastrophalen Ausmaßen. Schwer atmend schloss Logan die Lider, krallte die Finger in das Laken und ließ sie gewähren. Er war nicht länger fähig, Nell abzuwehren. Jetzt galt es nur noch, durchzuhalten, bis er in ihrer Hand kam, oder er würde über sie herfallen wie ein wildes Tier, das er tief in seinem Inneren auch war. Er war ein Killer, von Geburt an dazu bestimmt, diese Frau zu töten, die ihm nun so viel Genuss verschaffte, dass er davon beinahe ohnmächtig wurde.

Als Nell sagte: »Zier dich nicht so, du willst es doch! Du bist hart wie ein Fels!«, und dann auch noch ihre Lippen um seinen Schwanz legte, brachte das seine Selbstdisziplin zu Fall. Mit einem grollenden Laut krallte er die Finger in ihr weiches Haar, um ihren Kopf fester auf seine Erektion zu drücken. Sofort glitt seine Härte tief in ihren Rachen. Dabei stöhnte Nell, und neue Lustschauder überliefen Logan.

»Du kleines Biest«, brachte er mühsam hervor. »Wie oft hast du das schon gemacht?«

Sie strich sich eine breite Strähne aus dem Gesicht und blickte mit funkelnden Augen zu ihm auf. »Sehr oft. Die Menschen sind willige Geschöpfe!« Dann flatterte ihre Zunge wieder über sein Geschlecht.

Wut kochte in ihm hoch. Hatte Nell nichts Besseres zu tun gehabt, als sich mit Männern zu vergnügen, während sie sich in dieser Welt versteckte?

Knurrend drückte er ihren Kopf von seinem Schoß und zerrte sich selbst die Hose von den Beinen. Jetzt würde er alle Erinnerungen an ihre menschlichen Liebhaber auslöschen!

Nell kniete neben Logan und betrachtete ihn mit einer Mischung aus Interesse, Vergnügen und Lust. »Ich dachte schon, der Tag würde nie kommen!«

»Ich werde dafür sorgen, dass du diesen Tag nie vergessen wirst!« Er riss ihr dünnes Shirt vom Kragen abwärts auf – was ihr ein überraschtes »Oh« entlockte – und entblößte ihre makellosen Brüste, den flachen Bauch und ihr Dreieck mit dem Haarflaum. Dabei stach ihm sofort wieder der Schmetterling auf ihrem Schamhügel ins Auge. »Wo hast du die Tätowierung her?!«, donnerte er, doch Nell zuckte nicht mal mit den Wimpern. Sie starrte ihn nur entzückt an, wahrscheinlich überglücklich darüber, dass es endlich zur Sache ging.

Dieses Luder ...

Als Nell weiterhin nichts antwortete, drückte er einen Daumen auf das bunte Tattoo. »Hat das einer deiner Liebhaber gemacht?« Logans Nasenflügel blähten sich, so heftig ging sein Atem. Er presste den Daumen in ihr weiches Fleisch und ließ ihn tiefer gleiten, bis er in ihrem feuchten Spalt verschwand. Nells Perle war bereits steinhart!

Logan drückte fester. »Sprich endlich!«

Nell zog die Beine an, klappte sie auseinander und ließ sich dann in die Kissen zurückfallen. »Ja«, hauchte sie, wobei sie ihm mit den Hüften entgegenkam. »Er hat mich tätowiert und zwischendurch immer wieder ... aah!« Den Rücken durchgebogen und die Arme auf Kopfhöhe angewinkelt, ergab sie sich völlig Logans Berührungen.

Der hatte den Daumen so tief es ging in sie geschoben, während sein Zeigefinger zwischen ihre Pobacken rutschte, wo er an ihrem anderen Eingang spielte.

Logan war erstaunt über ihre Hingabe, ihr Vertrauen in ihn und wie wenig er über sie wusste. »Warum hast du mir nie davon erzählt, dass du so oft in dieser Welt bist?«

»Keiner durfte es wissen, bis auf meine Eltern und ... Inara«, stieß sie mühsam hervor. Mittlerweile hatte Logan seine andere Hand auf ihre Brust gelegt, mit der er sie massierte oder den spitzen Nippel zwirbelte. Stöhnend schloss Nell die Augen.

»Apropos Inara ... Wo steckt dein Babysitter überhaupt?« Logan fragte sich das schon die ganze Zeit, denn normalerweise wich das nervige Irrlicht nur selten von Nells Seite.

»Keine Ahnung und es ist mir im Moment auch ... völlig egal!«, stieß Nell hervor.

Wie schön sie ist, dachte Logan. Gedankenverloren zog er den Daumen aus ihrem Spalt und leckte ihn ab. *Und wie gut sie schmeckt ...* Er wollte mehr von ihr!

Abrupt setzte sich Nell auf und legte die Arme um Logans Hals. Ihre Lippen kamen seinem Gesicht immer näher, während sie ihn mit entrücktem Blick anstarrte. Er durfte nicht zulassen, dass sie ihn küsste! Bei den Göttern, sie durfte auch seine Tätowierungen nicht sehen!

Unvermittelt packte er ihre Hüften, um Nell mit einem Ruck auf den Bauch zu drehen.

»Logan!«, rief sie überrascht, streckte ihm jedoch gleich ihren süßen Po entgegen und ging auf alle viere.

Bei dem herrlichen Anblick wurde er sofort noch härter, falls das überhaupt noch möglich war, denn sein Schwanz stand kurz vor dem Zerreißen. Die dünne Haut schmiegte sich eng an seinen Schaft, die prallen Adern leuchteten blau und pulsierten im rasenden Stakkato seines Herzens. Sofort vergrub er sein Gesicht an ihrem Hals, saugte sich an ihrem

Schlüsselbein fest oder leckte ihren Nacken, der leicht salzig schmeckte. Dabei presste sich seine Härte zwischen Nells herrliche Pobacken. Dort drückte er seine Erektion der Länge nach hinein und ließ sie von ihrem Spalt massieren, indem er ihre zwei runden Hälften zusammendrückte.

Nell war unersättlich. Sie versuchte immer wieder, sich herumzudrehen, um ihn auf den Mund zu küssen, doch das ließ er nicht zu. »Du bist so gierig!«, stieß er schwer atmend hervor und küsste stattdessen ihre Schulterblätter.

»Das liegt nur an dir«, erwiderte sie ebenso atemlos.

»Das sagst du doch bestimmt zu jedem Mann!« Logan wollte nur noch eins: tief in Nell fahren. Er umschloss seine Härte an der Wurzel und trieb sich knurrend zwischen Nells Schamlippen. Ihr Saft drückte sich an seinem Schaft entlang nach außen und benetzte sein Schamhaar, so weit drin befand er sich in ihrem Körper. Widerstandslos war er in sie hineingeglitten. Nells kleine Spalte war wie für seinen Schwanz gemacht – er fragte sich jedoch, wie so eine zierliche Gestalt seine ganze Länge aufnehmen konnte. War das herrlich! Ihr heißer Körper pulste und zuckte um ihn herum, während sie ihm gierig ihre Hüften noch weiter entgegenstieß.

»Nein, das war die Wahrheit, keiner war bisher so leidenschaftlich!«, brachte Nell keuchend hervor. »Logan ... Du fühlst dich so gut an!«

»Nur *gut*?« Er biss sanft in ihren Nacken und saugte daran, um ihr sein Mal aufzudrücken. Hier und jetzt gehörte Nell ihm, was später kam, daran wollte Logan nicht denken. Wie sehr er sich danach sehnte, Nell zu küssen. Er wollte sie schmecken, ihre Zunge in seinem Mund fühlen oder seine eigene tief in sie stoßen, sie damit necken. Sein Verlangen war riesengroß, aber er würde sich lediglich damit begnügen, mit ihr zu schlafen. Vor ihrer Heirat würde sie wenigstens einmal ihm gehören, nur ihm allein. Der letzte Akt vor seinem Tod, wenn er Nell am Leben ließe.

Seine Hände glitten über ihren Körper nach vorn, um ihre Brüste zu kneten und an ihrem Kitzler zu reiben.

Nell bäumte sich vor ihm auf. »Per...fekt ... Du fühlst dich ... Himmel, Logan, ich ...« Nell stieß sich von der Matratze ab, sodass Logan noch ein klein wenig tiefer in sie glitt, und er setzte sich auf seine Unterschenkel, Nell auf seinem Schoß. Stöhnend ließ sie sich gegen ihn sinken, ihren Nacken durchgebogen, ihr heißer Atem drang in sein Ohr.

Logan zog sie fest an sich, seine Hände an ihren Busen und zwischen ihre Schenkel gepresst, während der Höhepunkt mit aller Macht über ihn hereinbrach – die Ekstase brachte ihn an den Rand des Wahnsinns. Ja, hier war er zuhause, hier gehörte er hin: tief in Nell, eng mit ihr verbunden, während sein Samen – mit dem er alle Spuren ihrer früheren Liebhaber vernichtete – dick und heiß in sie schoss. Und als er noch dabei war, alles in sie zu pumpen, was seine Lenden hergaben, kam auch Nell. Ihr Innerstes krampfte sich um seinen zuckenden Schaft, als wollte Nell noch die letzten Tropfen aus seinem Schwanz pressen, ihn melken. Nell stöhnte laut und rief seinen Namen, bis sie zitternd und schwer atmend gegen ihn sank, ihr Rücken schweißüberströmt.

Logan tastete nach der Fernbedienung, um die flimmernde Scheibe abzuschalten – dann legte er sich mit Nell hin und zog sie an seinen heißen Körper.

Seufzend drehte sie sich zu ihm herum und kuschelte sich an seine Brust, die sich ebenfalls schnell hob und senkte. Hatte er tatsächlich gerade mit seiner kleinen Elfe geschlafen? Einen Arm um sie legend und seine Nase in ihrem duftenden

Haar vergraben, wollte Logan eindösen, um sich nicht weiter mit den Konsequenzen seines Handelns auseinanderzusetzen, doch plötzlich traf ihn die Erkenntnis wie ein Blitz und er riss im Dunkeln die Augen auf: Er hatte Nell schon sein ganzes Leben geliebt!

»Nell ...«, wisperte er, dann küsste er sie auf ihre weichen Strähnen.

Sie murmelte etwas im Halbschlaf, das sich wie »Es war schön mit dir« anhörte, und hauchte einen Kuss an seinen Hals, bevor sie wieder ruhig lag. Ihr Atem ging bereits gleichmäßiger, ihre Glieder zuckten leicht, während sie sich in seinen Armen entspannte.

Ich hätte sie niemals töten können, niemals!, schoss es Logan durch den Kopf. Nell war ein Teil von ihm, schon immer gewesen. Wie hatte er auch jemals nur in Betracht ziehen können, ihr ein Leid anzutun? Seiner kleinen, zierlichen Nell, die so zerbrechlich in seinen Armen wirkte, auch wenn sie das nicht war? Logan erinnerte sich, wie er sie schon immer vor anderen verteidigt hatte, weil er sie als seine kleine Schwester gesehen hatte, und Nell ihn zum Dank jedes Mal deshalb verprügelte. Logan schmunzelte, doch sogleich presste er die Lippen aufeinander. Schon damals war es Liebe gewesen, aber jetzt war dieses Gefühl übermächtig und drohte seine Brust zu sprengen. Logan schwor sich von diesem Moment an, Nell mit seinem Leben zu beschützen, auch wenn er seines gerade verwirkt hatte. Sobald sein Volk erfuhr, dass er seinen Auftrag nicht ausgeführt hatte, würden sie ihre Schlächter auf ihn loslassen. Vielleicht konnte er noch zwei schöne Tage mit Nell verbringen, bevor er sie bei ihrem zukünftigen Ehemann ablieferte und sich seinem Schicksal stellen würde ...

Logan zog sie noch fester an sich und war ebenfalls im

Begriff, einzuschlafen, als er es hörte: ein leises Plopp, das nur ein Geschöpf verursachen konnte, das sich ins Zimmer materialisiert hatte. Wahrscheinlich war es Inara, dieses nervige Irrlicht und Nells Kindermädchen, dachte Logan amüsiert, als er sich das Gesichtchen des kleinen Wesens vorstellte, wenn es sie beide hier liegen sah. Logan blinzelte in der Erwartung, von Inaras grellem Licht geblendet zu werden – aber in dem Raum herrschte weiterhin völlige Finsternis. Dennoch erkannten Logans scharfe Augen den Umriss einer großen, dunklen Gestalt, die auf das Bett zuschlich.

Sofort war er hellwach, seine Sinne geschärft. Ohne seine Lage zu verändern, streckte er einen Arm aus, um damit unter dem Bett nach seinem Revolver zu tasten.

Wer war diese Gestalt? Der echte Bodyguard, von dem Nell zuvor gesprochen hatte?

Nein – Logans Instinkte sagten ihm das Gegenteil! Keine drei Schritte von ihm entfernt stand eine Person, die entweder ihn umbringen wollte oder Nell. Jetzt sah er nämlich auch den erhobenen Arm des Angreifers, der einen langen Gegenstand in der Hand hielt: Es war ein Schwert!

Blitzschnell translozierte sich Logan aus dem Bett und tauchte hinter dem Unbekannten wieder auf, um ihm mit dem Lauf seiner Waffe eins überzuziehen. Stöhnend ging sein Gegner auf die Knie, worauf Logan ihm die Klinge entriss und unter das Bett schleuderte.

»Logan?«, drang Nells Stimme müde durch den Raum. Sie drehte sich auf den Bauch und tastete die leere Seite neben sich ab, aber dann ließ sie den Arm wieder sinken.

»Schlaf weiter, Kleines«, erwiderte er möglichst ruhig und zerrte den benommenen Angreifer in das angrenzende Badezimmer. »Ich bin gleich wieder bei dir.«

Ohne dort Licht zu machen, drückte er die Person auf den gefliesten Boden und betrachtete sie genau, nachdem er ihr die dicken, schwarzen Haare aus dem Gesicht gestrichen hatte. »Taron!« Logan kannte diesen Dunkelelfen, den er für seinen Verbündeten gehalten hatte.

»Ganz genau, du Verräter. Hab ich's mir doch gedacht, dass du die Prinzessin nicht umbringst, stattdessen landest du mit ihr im Bett!«, spie ihm der andere entgegen, wobei er sich an den Kopf fasste. Langsam schien er wieder zu sich zu kommen. »Du hast ja schon immer von ihr geschwärmt.«

Ein Kloß formte sich in Logans Magen. »Ich dachte, du bist mein Freund, Taron. Stattdessen bist du gekommen, um mich zu töten?«

»Erst dich, dann die Prinzessin!«, zischte es unter ihm.

»Das kann ich nicht zulassen!« Logan drückte den Lauf des Revolvers an Tarons Schläfe, aber er konnte sich nicht überwinden, abzudrücken. Noch nie hatte er ein anderes Wesen getötet, wenn man von den paar Sumpfgnomen absah, denen er als Kind mit seiner Steinschleuder den Garaus gemacht hatte. Aber Taron war kein widerlicher, stinkender Gnom, sondern ein Elf seines Volkes.

Sein Zögern hätte Logan beinahe das Leben gekostet, denn Taron schlug Logan die Waffe aus der Hand, die mit einem lauten Scheppern in der Duschkabine landete.

»Logan?«, rief Nell aus dem anderen Zimmer.

»Mach, dass du hier wegkommst, Nell!« Logan drückte den anderen Mann nieder, doch der löste sich plötzlich unter ihm auf. Im selben Moment hörte er Nell kreischen.

»Verdammt!« Logan dematerialisierte sich ebenfalls und tauchte direkt hinter Taron auf, der mit erhobenem Schwert vor Nell stand. Die hatte sich auf dem Bett zusammengekauert, aber nur einen Atemzug später war sie mitsamt dem Laken verschwunden.

Taron stieß einen Fluch aus und drehte sich im selben Augenblick um seine Achse.

Logan konnte der scharfen Klinge noch rechtzeitig ausweichen und translozierte sich wieder ins Badezimmer, um seine Waffe zu holen, doch wen musste er zu seinem Schrecken dort finden: »Nell! Verdammt, sieh zu, dass du verschwindest!« Das Bettlaken um ihren Körper geschlungen, saß sie in der Duschkabine und starrte ihn aus großen Augen an. »Ich gehe bestimmt nicht ohne dich!«

Störrische, kleine Elfe!, fluchte Logan in Gedanken, doch sofort spürte er Tarons Anwesenheit im Raum.

Ohne zu zögern schlang er seine Arme um Nell und translozierte sich mit ihr in die Welt der Lichtelfen, weil das der einzige Ort nach der Menschenwelt war, den er für seine Elfe als sicher erachtete. Es überraschte ihn nur kurz, als er bemerkte, wohin er sie gebracht hatte: in das alte Baumhaus, ihr Lieblingsplätzchen, in dem sie beide als Kinder oft gespielt hatten. Immer wieder war Logan im Laufe seines Lebens hierher zurückgekehrt, wenn er Zeit und Ruhe zum Nachdenken gebraucht hatte. In den luftigen Baumkronen fühlte er sich frei, denn die wenigen Male, in denen er sich in einer finsteren Höhle seiner Welt aufgehalten hatte und ein beklemmendes Gefühl seine Brust zerdrücken wollte, waren erschreckend für ihn gewesen. Irgendwie wusste er nicht, zu welchem Volk er gehörte. Er hatte den Großteil seines Lebens im Reich der Lichtelfen verbracht, aber in seinen Adern floss schwarzes Blut.

Beide standen auf und Logan blickte sich um. In dem kleinen Haus sah immer noch alles so aus, wie er es beim letzten Mal verlassen hatte: Auf der Plattform befanden sich ein Tisch und zwei Stühle, daneben eine Pritsche. Das Dach war schon lange eingebrochen, und durch das Loch schien der Mond, dessen Licht Nells Haare wie Silber glänzen ließ.

»Du hast mein Leben gerettet«, murmelte Nell, die immer noch in seinen Armen hing und sich an ihn drängte. Nur in das Bettlaken gewickelt, bot sie einen verführerischen Anblick. Daraufhin wurde Logan bewusst, dass er immer noch splitternackt war. Er rückte ein Stück von Nell ab und schaute sich um, doch die alte Decke auf der Pritsche war schon fast zu Staub zerfallen.

»Du hast mich gerettet ...«, flüsterte Nell noch einmal mit einem schiefen Lächeln und zog etwas aus dem Bettlaken, »... dafür hab ich deine Unterhose gerettet.« Die Shorts mussten sich in dem Bettlaken verfangen haben, und Logan war sehr froh darüber.

»Danke«, sagte er, bevor er in die Hose schlüpfte.

Am ganzen Körper zitternd, streckte Nell eine Hand nach Logan aus, der sie sofort wieder in seine Arme nahm.

»War das ein ... wollte der mich ...« Sie war kaum fähig zu sprechen.

Logan wollte sie zur Beruhigung auf eine nackte Schulter küssen und senkte gerade den Kopf, als Nell seine Wangen mit beiden Händen umfasste, sich auf Zehenspitzen stellte, ihm ein »Danke« entgegenhauchte und ihn küsste.

Logans Herz setzte einen Schlag aus, nur um danach mit doppelter Kraft weiterzuschlagen. Nells Mund schmeckte so verboten gut, dass er sich voll und ganz in dieser Süße verlor und alles um sich herum vergaß. Nell stupste ihre Zungenspitze zwischen seinen Lippen hindurch, und er öffnete sie, um Nell hereinzulassen. Dabei stöhnte sie in seinem Mund und er spürte, wie er schon wieder hart wurde. Logan umfasste die runden Pobacken und presste ihren zierlichen Körper an sich, küsste sie verlangender und wünschte sich, dieser köstliche Moment würde nie enden ... bis Nell seinen Armen entglitt und sie unter ihm wegsackte.

Da schlug die Erkenntnis wie eine Bombe in ihn ein ...

Nein, nein! Was hatte er nur getan?! Er hatte Nell umgebracht!

Sein Herz raste, eine drückende Schwärze legte sich über seine Augen und sein Magen rebellierte.

»Nell ...« Schwach kam ihr Name aus seinem Mund. Bei den Göttern, nun war sie dem Tode geweiht! Wie hatte das nur geschehen können?

Nell hingegen seufzte und schlang ihre Arme kraftlos um seinen Körper. »Jetzt ist mir aber ganz schön schwindlig. Deine Küsse haben es in sich.« Mit verklärtem Blick lächelte sie ihn an und schwankte, worauf Logan sie sofort in seine Arme riss und mit ihr auf die Knie sank.

»Allmächtige Götter, was habe ich getan!«, rief er in das grüne Blätterdach, durch das der Mond anklagend auf ihn herabsah.

»Jetzt mach doch nicht so ein Drama wegen eines einzigen Kusses.« Nell war schon wieder dabei, ihre Arme um seinen Hals zu legen und weitere Küsse einzufordern, aber Logan drückte sie auf den Boden und ließ seine Hände über ihren Körper gleiten.

»Nell, Himmel, Nell ... Hast du Schmerzen?« Was sollte er nun machen? Er durfte sie nicht sterben lassen!

»Logan, wovon redest du?« Nell fuhr in sein dichtes Haar und zog ihn näher heran. »Du bist schon ein seltsamer Mann. Sexy ... aber seltsam. Weißt du, dass ich deine dunklen Augen total anziehend finde? So geheimnisvoll und ... ja ... einfach sexy.« Sie lachte hell heraus. »Kennst du das Lied ›Sex Bomb‹?«

Seine Nell schien total verwirrt. Ihr Verstand setzte bereits aus!

Da kam ihm eine Idee. Er legte sich auf sie und konzentrierte sich auf die Dematerialisation. Es gab nur einen Ort, wo ihr geholfen werden konnte, nur eine Person, die sie jetzt vielleicht noch retten konnte – der Heiler ihres Volkes.

***

Als Logan sich mit Nell in den Armen auf den Stufen eines Tempels materialisierte, keuchte sie überrascht auf. »Logan! Was willst du hier? Ich wäre viel lieber im Baumhaus geblieben.«

Anstatt ihre Frage zu beantworten, wollte er wissen, wie sie sich fühle.

Nell starrte ihn jedoch nur an und setzte sich neben ihn auf den Treppenabsatz, dabei ließ Logan sie nicht los.

»Es tut mir so leid«, flüsterte er.

»Was ist denn mit dir? Logan?« Nell lächelte unsicher.

»Ich ...«

»Dunkelelf!«, schrie plötzlich jemand durch die Nacht.

Sofort stürmten mehrere Tempelwachen auf die beiden zu.

»Lasst die Prinzessin los!«, donnerte ein großer Elf, der mit gezücktem Schwert auf Logan zeigte.

»Aber, das ist doch Logan ... mein Freund!«, rief Nell, die sich an seinen Arm klammerte.

»Er ist ein Dunkelelf, Prinzessin, seht doch nur seine Stammeszeichen!«

»Stammes...zeichen?« Nell schaute den Wächter mit gerunzelter Stirn an.

Logan befreite sich aus Nells Griff, stand auf und drehte sich zu den Tempelwachen um; Nell konnte dadurch seinen Rücken erblicken. »Helft ihr, ich habe sie ... geküsst!«

Nun schien auch Nell endlich zu verstehen. Sie schlug sich die Hand auf den Mund und starrte von unten herauf Logan an, der sich mit gesenktem Kopf wieder ihr zuwandte. »Das wollte ich nicht.« Er fühlte sich unendlich verzweifelt.

»Holt den Heiler!«, befahl eine Wache einem anderen Elfen. »Schnell!«

Nell stand auf und wich einen Schritt zurück, wobei sie das Laken um sich festzog. »Logan ... bei den Göttern, ist es wahr? Du bist ein Dunkelelf?«

Ihr trauriger, entsetzter Gesichtsausdruck ließ sein Blut gefrieren. Am liebsten hätte er sich hart auf den Brustkorb geschlagen, damit sein schwarzes Herz zersprang. Zu groß war das Elend, seine geliebte Nell dermaßen leiden zu sehen. Logan hatte ihr all die Jahre etwas vorgespielt, sie auf das Übelste hintergangen und ... getötet.

»Es tut mir so leid, Nell«, brachte er mühsam hervor. »Ich wollte dich nie ...«

Da sackte Nell auf die Knie und schüttelte den Kopf, Tränen liefen ihr über die Wangen. »Oh ... Logan ... Du? Du solltest mich ... töten?«

In dem Augenblick, als Nell die Wahrheit erkannte, wollte Logan nur noch sterben.

Der Heiler – ein weißhaariger Elf, der in ein fließendes Gewand gehüllt war – eilte herbei und zog Nell mit sich, und weitere Helfer kamen, um die Elfe in den Tempel zu bringen. »Beeilt euch, macht schneller, rettet die Prinzessin!«, drangen die Rufe der Elfen von überall her.

Nell sah nicht nur verzweifelt, sondern auch sehr erschöpft aus – ihre Beine trugen sie nicht mehr, dennoch versuchte sie selbst zu laufen und beteuerte immer wieder, dass es ihr gut ginge.

Seine tapfere, starke Nell ... Logan wollte zu ihr, sie halten, ihr Trost spenden, sie noch ein letztes Mal berühren, doch die Wachen hatten ihn bereits umzingelt und führten ihn ab. Wehrlos ergab Logan sich seinem Schicksal.

Sie schleppten ihn zu einer bemoosten Lichtung im Elbwald, weit weg von der Stadt, und sperrten ihn in einen magischen Kreis aus am Boden liegenden Kristallen. Sie bildeten einen Schild, eine Art unsichtbaren Käfig, aus dem er nicht entkommen und sich nicht translozieren konnte, obwohl keine Gitterstäbe sein Gefängnis umstellten.

Dann ließen sie ihn allein – allein mit seinen Gedanken an Nell, seinem Kummer und der Sorge um ihre Gesundheit. Kannte der Heiler ein Gegenmittel? Konnte er Nell retten?

Sein eigenes Leben erschien Logan mit einem Mal sinnlos, wenn er es nicht mit Nell teilen konnte. Und auch wenn ein Wunder geschähe und Nell gerettet würde ... so heiratete sie in zwei Tagen dennoch einen anderen.

Egal wie Logan es drehte und wendete, er kam immer nur zu einem Ergebnis: seinem Tod. Entweder würden die Lichtelfen ihn für sein Verbrechen töten oder die Dunkelelfen, weil er versagt hatte, aber viel wahrscheinlicher war, dass Logans Herz vorher einfach aufhörte zu schlagen.

Seufzend legte er sich auf der kleinen Lichtung in dem Kristallkreis hin und starrte in den Nachthimmel. Für einen Dunkelelfen war es normalerweise furchtbar, nicht unter der Erde oder in einer Höhle zu leben, aber Logan liebte die Sterne. Leider rüttelten sie nur wieder Erinnerungen wach: Wie oft hatte er so mit Nell im Gras gelegen und gespielt, wer die meisten Sternbilder erraten konnte ...

Er schloss die Augen, um eins zu werden mit der Dunkelheit, in der Hoffnung, darin ein wenig Vergessen zu finden ...

Der Morgen kam, der Mittag und ein neuer Abend brach herein, doch Logan lag wie erstarrt in dem Kreis aus Kristallen. Er hatte das Essen, das man ihm irgendwann gebracht hatte, nicht angerührt, und er wusste nicht, wie viel Zeit vergangen war, als plötzlich grelles Licht hinter seinen Lidern aufflackerte. War die Sonne etwa schon wieder aufgegangen, fragte er sich und blinzelte. Oder wollten die Lichtelfen ihn ihren magischen Strahlen aussetzen, die ihm allerdings nach Jahren in ihrer Welt genauso wenig antun konnten wie die Sonne?

Aber es waren weder Sonnenstrahlen noch elbische Zauber, sondern ... »Inara!« Das winzige Irrlicht schwebte vor seiner Nasenspitze und sah schmunzelnd auf ihn herab. Ihm konnte der Bannkreis wohl nichts anhaben.

In Logan wuchs der Zorn und er drehte sich auf den Bauch. »Verspotte mich nur«, knurrte er in das Moos. Sollte sich das Wesen doch an seinem Leid ergötzen, bald würde sowieso alles egal sein. Aber dann richtete er sich abrupt auf und starrte Inara an. »Wie geht es Nell!?« Wenn jemand etwas wusste, dann diese Nervensäge.

Inara schien jedoch ziemlich guter Laune zu sein. Bedeutete Nell ihr etwa nichts?

»Bitte, wie geht es ihr?«, wiederholte er mit Nachdruck.

»Vielleicht magst du dich selbst von ihrem Zustand über-zeugen? Sie heult sich nämlich die Augen aus und wenn Nell schon mal weint ...«

Dann ging es ihr verdammt schlecht, wusste Logan. »Aber, die Wachen werden mich nicht zu ihr lassen.«

Inara landete neben einem blauen Kristall, der so groß wie sie selbst war, und stemmte sich dagegen. »Ich weiß, dass du Nell nichts antust. Du könntest ... ihr kein einziges ... Haar ausreißen, Logan, das hast du noch nie ... gekonnt.« Das kleine Wesen ächzte, schaffte es aber tatsächlich, den Kristall zu be-wegen und den unsichtbaren Schutzschild aufzulösen. Logan konnte die Veränderung fühlen.

»Und nun komm!«, rief Inara. Schon flatterte sie in den

dunklen Elbwald, wo sie hinter den Baumstämmen verschwand.

Logan machte einen vorsichtigen Schritt, und als er bemerkte, dass er tatsächlich frei war, folgte er dem Licht durch den finsteren Wald. Er durfte keine Zeit verlieren, vielleicht war Nell noch am Leben! Er wollte ihr dringend sagen, wie sehr er sie liebte, und sie noch einmal sehen, bevor sie starb ...

»Taron!« Abrupt blieb Logan stehen, als er seinen ehemaligen Freund in einem ebensolchen Kristallkreis liegen sah, in dem er selbst gerade gefangen gehalten wurde.

Taron warf ihm nur einen bösen Blick zu und schnaubte verächtlich.

»Er ist euch gefolgt und wollte in den Tempel eindringen«, erklärte ihm Inara. »Nun komm weiter! Er stellt keine Gefahr mehr dar.«

***

Schwer atmend stützte sich Logan mit einer Hand gegen die weißen Mauern, die den Herrschersitz der Lichtelfen umgaben. Er war den ganzen Weg hinter Inara hergerannt, die wie ein Blitz zwischen den Stämmen hindurchgeschossen war. Hätte sie ihm vorher gesagt, wohin sie wollte, hätte Logan sich hierher transloziert. Aber er vermutete, dass Inara ihn absichtlich zappeln ließ, und Logan verfluchte das kleine Wesen, weil es genau wusste, wie sehr er auf es angewiesen war.

Nun befanden sie sich hinter dem königlichen Palast an einer unbewachten Stelle.

»Ist sie dort drinnen?«, fragte er.

»Ja, in ihrem Gemach. Ich kenne einen Geheimgang. Siehst du diesen Busch?« Inara flatterte hinter einen dichten Strauch. »Hier ist eine Bodenplatte. Darunter liegt der Gang!«

Logan war schon dabei, den schweren Stein auf die Seite zu schieben, dann sprang er ins Loch.

Inara flog voraus und zeigte Logan den Weg durch ein Netz aus unterirdischen Gängen. Er hatte keine Ahnung von ihrer Existenz, und es wunderte ihn, dass Inara ihm dieses Wissen anvertraute.

Irgendetwas stimmte hier nicht ... Seine Sinne standen in Alarmbereitschaft. Er befand sich nun im königlichem Palast, dem bestgesichertsten Gebäude im ganzen Reich – er, ein Dunkelelf!

Aber seine Gedanken zerfaserten, als Inara vor einem Riss im Mauerwerk stehen blieb und flüsterte: »Hier ist es.«

Da erkannte Logan, dass es kein Riss war, sondern der Rahmen einer Tür, die sich optimal in die Wand fügte.

Tief durchatmend drückte er dagegen, und beinahe lautlos schwang sie auf.

In Nells Prinzessinnengemach war er niemals zuvor gewesen. Mit wild schlagendem Herzen blickte sich Logan zu Inara um, doch das Irrlicht war nicht mehr da. Wahrscheinlich konnte es den Anblick der sterbenden Nell nicht ertragen. Hatte man die Elfenprinzessin hierher gebracht, damit sie in vertrauter Umgebung dahinscheiden konnte?

Der Wind bauschte die seidenen Vorhänge vor den Bogenfenstern, und ein Windspiel aus Kristallen reflektierte das hereinfallende Mondlicht und ließ den Raum funkeln. Mitten im Zimmer stand ein Himmelbett, dessen weiße Vorhänge zugezogen waren und sich ebenfalls leicht bewegten. Dahinter musste sich Nell befinden – Logans Herz krampfte sich zusammen. Seine Füße wollten ihn plötzlich nicht mehr tragen, obwohl es nur wenige Schritte bis zu ihrem Bett waren. Doch er schaffte es, ein Bein vor das andere zu setzen. So schlich er barfuß über den kühlen Steinboden bis zu dem riesigen Möbelstück und schob den hauchfeinen Vorhang zur Seite.

Logans Atem stockte. Dort lag Nell, in ein fließendes Gewand aus feinstem Stoff gekleidet, zusammengerollt wie ein Kätzchen. Ihre Lider mit den goldenen Wimpern waren geschlossen und rot umrandet. Sie hatte geweint ... Ansonsten sah es so aus, als würde sie schlafen.

»Nell ...«, flüsterte Logan und streckte eine Hand nach ihr aus. »Kannst du mich hören?«

Sofort öffneten sich ihre Lider. Sie sprang auf Logan zu, dem vor Überraschung der Mund offen blieb.

»Du hast mich all die Jahre belogen!« Kraftvoll schlug sie mit der Faust auf seine nackte Brust. »Du mieser Betrüger!«

Wahnsinn, war Nell wütend! Aber Logan lachte, überglücklich, weil sie lebte. Und wie sie lebte! Sie war zornig wie eine aufgebrachte Furie! »Du stirbst nicht?«, fragte er und legte seine Arme um sie, bevor er mit ihr durch den Raum wirbelte, bis beide in das Himmelbett fielen.

»Ich hatte nur Liebeskummer, du dummer Troll!«, erwiderte sie schnippisch, aber ihr Schmollmund verriet Logan, dass sie nicht mehr ganz so wütend war.

Logan grinste. »Nenn mich nie wieder einen dummen Troll!« Er rollte sich auf sie und begrub Nells geschmeidigen Körper unter sich, dann wurde er jedoch ernst. »Haben die Heiler ein Mittel gefunden?«

Urplötzlich zog Nell ihn an sich und küsste ihn.

Logan erschrak zuerst, aber als er bemerkte, wie tief und leidenschaftlich Nells Küsse waren, entspannte er sich und erwiderte ihre Zärtlichkeiten. Wieder drehten sie sich herum, bis Nell auf ihm lag und ihr seidiges Haar in sein Gesicht fiel. Dabei riss ein Stück vom Vorhang ab, auf dem sie lagen, aber das war Logan total egal.

»Dein Kuss ist nicht tödlich, Logan. Ich hab nicht das Mindeste gespürt.«

»Hast du nicht?«, fragte er leise, noch immer überwältigt von ihrer Leidenschaft und darüber, dass sie lebte.

»Okay, es hatte mich umgehauen, weil du so ein guter Küsser bist, das war aber auch schon alles.« Um ihre Nase breitete sich eine sanfte Röte aus.

»Mein Kuss ist nicht giftig?« Logan konnte kaum glauben, was er hörte. Er war doch ein Dunkelelf, seine Küsse mussten für ein Wesen wie Nell unverträglich sein!

Aber – egal. Darüber würde er sich später den Kopf zerbrechen. »Du hast mir so eine verdammte Angst eingejagt, Nell!«, sagte er stattdessen.

»Geschieht dir ganz recht, du hinterhältiger Kobold!«

»Hast du noch mehr Beleidigungen auf Lager?« Logan grinste, und noch nie hatte er sich besser gefühlt als in diesem Moment.

»Mein Vorrat ist unbegrenzt, darauf kannst du Gift nehmen.«

»Nell!« Er kitzelte sie unter den Achseln, woraufhin sie sich kichernd wegdrehte, aber Logan hielt sie zurück. »Hiergeblieben!« Plötzlich wurde er ernst. »Als ich dachte, du würdest sterben ... also ... Ich hätte dir nie wehtun können. Ich weiß, du heiratest einen anderen, aber du sollst wissen ...« Er schluckte und sah ihr tief in die Augen. »Ich liebe dich.«

»Oh, Logan, ich liebe dich auch, schon so lange!« Ihre Augen schimmerten, aber sie lächelte und zog ihn wieder an sich.

Ihr Versöhnungskuss war das beste Geschenk, das Logan jemals bekommen hatte. Vor Glück schwebte er wie auf Wolken. Er umfasste Nells Gesicht, um es überall mit seinen Lippen zu berühren: ihre feuchten Lider, ihre süße Nase, die seidigen Lippen. Endlich konnte er sie kosten und es war herrlich.

Nell drängte sich an ihn, berührte ihn überall, und noch bevor er es bemerkte, zog sie ihm die Hose ein Stück nach unten.

Das war ihm Aufforderung genug. »Oh Nell ...« Logan schlüpfte aus den Shorts, während sich Nell das Gewand über den Kopf zog. Seine kleine Elfe war wunderschön, und sofort begann Logan ihren Körper mit seinem Mund zu erforschen. Immer wieder küssten sie sich, bis Logan zwischen ihre Schenkel glitt und Nell nahm. Dieses Mal bewegte er sich sanft, als wäre sie aus Porzellan, wobei Logan sie die ganze Zeit ansah und küsste. Die Götter hatten ihm eine weitere Nacht mit der Frau geschenkt, die er über alles liebte, und die würde er nicht ungenutzt verstreichen lassen ...

***

Logan blinzelte, als ein Sonnenstrahl, der durch das Bogenfenster fiel, seine Nase kitzelte.

»Ähem«, machte es neben seinem Ohr, und Logan war sofort hellwach. Er drehte den Kopf und blickte direkt auf Inaras leuchtende Gestalt. Das Irrlicht saß auf seinem Kopfkissen und lächelte ihn an.

Auch Nell, die eng an Logan gekuschelt dalag, öffnete nun gähnend die Augen.

»Guten Morgen, ihr Turteltäubchen, hattet ihr eine angenehme Nacht?«, fragte Inara mit ihrem zarten Stimmchen. »Ihr solltet langsam aufstehen, denn die Hochzeitsvorbereitungen laufen schon an.«

Die Hochzeit! Logans Brust durchfuhr ein stechender Schmerz. Auch Nell sah ihn an, als wäre ihr bewusst, was das für sie bedeutete.

»Na, ihr seht ja nicht gerade glücklich aus, weil ihr heiraten müsst, und ich dachte, ihr liebt euch?« Inara kicherte.

»Was?!«, riefen Nell und Logan gleichzeitig aus.

Das Irrlicht flog über Nell hinweg und landete auf ihrer nackten Schulter. »Kindchen ... Logan ist der Mann aus der

Prophezeiung, dein zukünftiger Gemahl! Er wird die Dunkelelfen mit unserem Volk in Frieden vereinen.«

»Oh ... du!« Als Nell endlich begriff, holte sie aus, aber Inara war schon lachend davongeschwirrt und ließ sich in sicherer Entfernung auf einem Balken über ihren Köpfen nieder.

»Du hast die ganze Zeit gewusst, dass Logan mein Mann werden soll?« Nell war außer sich. Sie hatte sich aufgesetzt, das Laken unter ihre Achseln geklemmt, und drohte Inara mit der Faust. »Warum dann der ganze Aufstand?«

»Wir mussten erst herausfinden, ob es wirklich Logan ist, von dem der Seher bei deiner Geburt gesprochen hat. Es war ein Test.«

Jetzt richtete sich auch Logan auf. Er hatte noch nicht ganz verarbeitet, was er soeben erfahren hatte. »Wie soll ich die Völker vereinen? Ich bin ein ... Nichts.« Seufzend senkte er den Kopf.

»Logan ...«, sprach Inara weiter, »es wird dich vielleicht freuen zu hören, dass du der uneheliche Sohn des Königs der Dunkelelfen bist.«

»Was?! Nein, ich bin Waise!«, rief er aus, bemühte sich dann aber, Ruhe zu bewahren und Inara zuzuhören. Und was sollte ihn daran freuen, der Bastard des Königs zu sein? Die ganze Sache wurde ja immer irrwitziger.

»Deine Mutter war eine Lichtelfe, eine Mätresse des dunklen Königs. Als sie sein Kind, also dich, gebar, brachte man dich sofort weg, denn der Seher der Dunkelelfen hatte vorhergesagt, dass du der Auserwählte wärst, um beide Königreiche in Frieden zu vereinen. Das wollte der dunkle Herrscher nicht und ließ dich als Rache zum Mörder ausbilden, was ihm aber deutlich misslang.«

Logan schnaubte.

Das alles zu hören, nach so vielen Jahren ... Was für eine unglaubliche Geschichte, und er hatte von alldem keine Ahnung gehabt. »Und mein Kuss?«

»Nicht tödlich«, erwiderte das Irrlicht und flatterte vom Balken herunter auf die Zudecke. »Diese Vorsichtsmaßnahme der Dunkelelfen, damit sich unsere Rassen niemals vermischen, wirkt bei dir anscheinend nicht, denn du hast ein reines Herz, wie deine Mutter, obwohl du nach deiner Geburt mit diesem Fluch belegt wurdest. Zudem kann ein Kuss, der aus Liebe geschieht, niemals tödlich sein, denn Liebe ist der mächtigste Fluchbrecher.«

»Meine Mutter ... Lebt sie noch?«, fragte Logan leise.

Nell rückte ganz nah an ihn heran und ergriff seine Hand. Sie wusste als Einzige, wie sehr er als Kind darunter gelitten hatte, ein Waisenjunge zu sein.

»Leider nein«, flüsterte Inara. »Der dunkle König ließ sie ...«

Logan nickte. Das Irrlicht brauchte nicht weiterzusprechen. Logan hatte nun Nell, und nur das zählte. Sie würde fortan seine Familie sein und vielleicht würden sie Kinder haben. Darüber hatte er noch nie nachgedacht, aber plötzlich gefiel ihm dieser Gedanke.

»Ich bin also ein Prinz ...« Logan konnte die ganzen Informationen noch nicht ganz verarbeiten.

»Und zur Hälfte ein Lichtelf, vergiss das nicht!«, erinnerte ihn Inara. »Eure Liebe wird die zwei größten Feinde zusammenführen, hach, wie lange habe ich darauf gewartet!« Sie seufzte theatralisch. »Ich erwarte euch dann im großen Saal. Beeilt euch!«, rief Inara noch und schwirrte zum Fenster hinaus.

Logan und Nell blickten sich perplex an, doch dann strahlte er über das ganze Gesicht. »Und, bist du immer noch gegen das Heiraten?«, fragte er leise und sah Nell tief in die Augen.

»Es gibt Schlimmeres«, murmelte sie, sichtlich benommen von den Neuigkeiten.

»Hattest du tatsächlich schon so viele Männer vor mir?« Diese Frage brannte Logan schon seit dem Fernsehabend in Nells Wohnung unter den Nägeln.

»Ein paar leicht zu manipulierende Menschen.« Seine zukünftige Frau vermied es, ihn anzusehen, stattdessen betrachtete sie ihre Fingernägel. »Aber eigentlich wollte ich dich nur reizen, weil es ja ewig brauchte, bis du mal in die Gänge kamst.«

»Du kleine, unartige Nymphe«, murmelte Logan, zog sie in seine Arme und grinste. Er würde schon dafür sorgen, dass sich kein anderer Mann mehr in Nells Gedanken stahl!

DAS ZIMMERMÄDCHEN

Ein Klopfen an der Tür ließ Richard Lemercier von seinem wuchtigen Schreibtisch aufblicken. »Herein!«, rief er, obwohl er am Vormittag nur ungern gestört wurde, denn die Verwaltung seines historischen Herrenhauses und der Finanzen erforderte seine gesamte Aufmerksamkeit. Schnell tippte Richard noch etwas in seinen Taschenrechner, bevor sich auch schon eine der großen Flügeltüren öffnete.

Richard hielt die Luft an. Eine Frau in einem viel zu kurzen Rock stöckelte herein, warf die Tür ins Schloss und grinste ihn an. Erst auf den zweiten Blick erkannte er sie, und sein Puls beschleunigte sich.

Sie war eine Wucht! Ihre schlanken Beine stachen ihm zuerst ins Auge, da sie in schwarzen Strapsen steckten. Richard stand auf halterlose Strümpfe! Dann saugte sich sein Blick allerdings an ihren Brüsten fest, denn die enge und noch dazu hauchfeine Bluse ließ nicht mehr viel zum Erahnen übrig. Allzu deutlich zeichneten sich die erigierten Nippel darunter ab. Sein Überraschungsbesuch trug keinen BH!

»Was ...« war alles, was er herausbrachte, so trocken war ihm die Kehle geworden.

Mit ihren hochhackigen Schuhen stolzierte die brünette Dame durch den Raum bis zu seinem Tisch, wo sie sich einfach auf die Kante hockte und sich ihm zuwandte.

Stirnrunzelnd rollte Richard mit dem Drehstuhl ein Stück zurück.

»Hallo, ich bin Sophie. Das neue Zimmermädchen«, sagte sie frech und rutschte mit ihrem Po über die polierte Mahagoniplatte, sodass Richards Papiere und eine Banane, die er sich vom Frühstückstisch mitgenommen hatte, auf die Seite gedrängt wurden. Schon bald saß Sophie ihm direkt gegenüber. »Ich glaube, wir hatten schon einmal das Vergnügen.«

Er schluckte hart, denn Sophies Rock war so knapp, dass er ihr zwischen die Beine schauen konnte. Der Slip fehlte, und ihre Spalte war frisch rasiert.

Darauf reagierte sein Körper sofort. Sämtliche Hitze strömte in Richards Schoß zusammen; seine Hoden kribbelten.

»Sophie, also ...«, brachte er mühsam hervor, noch immer verwirrt wegen ihrem aufreizenden Aufzug. Als er sie das letzte Mal gesehen hatte, trug sie Jeans und ein T-Shirt. Jetzt sah sie total anders aus!

Er freute sich, weil sie auf einen Push-up-BH verzichtet hatte. Ein natürlicher Busen, auch wenn er leicht hing, gefiel ihm besser als die prallen Silikonbrüste, die viele Frauen in seinem Freundeskreis mit Stolz zur Schau stellten.

»Sophie ...«, wiederholte er ihren Namen mit heiserer Stimme.

Eifrig nickte sie und schob ihre Schenkel ein Stück weiter auseinander, sodass sich Richard ein noch tieferer Einblick bot.

»Sie hatten sich also auf die freie Stelle beworben«, stellte er in einem möglichst sachlichen Ton fest, ohne ihr ins Gesicht zu sehen.

Aus den Augenwinkeln bemerkte Richard, dass sie schmunzelte und es sichtlich genoss, ihn genau da zu haben, wo sie ihn haben wollte.

»Okay, dann ... dann wollen wir doch gleich mal Ihre Qualitäten testen.« Richard fasste sich kurz an den Schritt, um an seiner Hose zu zupfen, in der es ihm langsam zu eng wurde. Auch Sophie schien das nicht entgangen zu sein, denn sie legte plötzlich einen Stöckelschuh zwischen seine Beine.

Abrupt stöhnte Richard auf. Der unerwartete Druck auf seinen Schwanz brachte ihn noch mehr zum Pochen.

»Was können Sie besonders gut?«, presste er heraus. Er rutschte mit dem Stuhl ein Stück näher an die Kante seines Schreibtisches, damit Sophies Fuß bessere Arbeit leisten konnte. Vorsichtig schob sie den Schuh auf seinem Schaft auf und ab, bis sein Glied knallhart war.

Richard erbebte vor Lust.

»Hmm, was kann ich gut?«, überlegte sie laut, wobei sie sich mit dem Zeigefinger an die dezent geschminkten Lippen tippte. »Ich kann gut sauber machen!« Ohne Vorwarnung zog sie den Rock nach oben und steckte sich den Finger in die rasierte Spalte, wo sie ihn genüsslich rotieren ließ. Dann schob sie ihn mehrmals rein und raus, bis er mit ihrem Saft überzogen war, und leckte ihn ab. Anschließend hielt sie ihn Richard direkt vor die Nase. Als er ihren Duft roch, zuckte sein Penis.

»Blitzeblank«, sagte sie leise und hielt den Blick auf seinen Schritt gerichtet, auf dem immer noch ihr Fuß lag. »Gibt es sonst noch Stellen, die einer gründlichen Reinigung bedürfen?«

Ihre melodiöse Stimme schickte lustvolle Schauer über Richards Rückgrat. Leise stöhnend legte er den Kopf gegen die hohe Lehne und hob seine Hüften ihrem massierenden Fuß entgegen.

Sophie verstand. Sie rutschte vom Tisch, um sich zwischen seine geöffneten Schenkel zu knien, befreite mit wenigen Handgriffen seinen knallharten Schaft durch den Hosenschlitz und ließ ihre langen, gepflegten Nägel darüberwandern. Sie waren nicht lackiert, was Richard gefiel. Sophie wirkte natürlich, aber sie brauchte auch nichts zu überschminken, denn sie war eine schöne Frau. Und gerade weil sie nicht perfekt war, machte sie das für Richard noch attraktiver. Die anderen Frauen der High Society, mit ihrem aufgesetzten Gehabe, langweilten ihn.

Richard sank tiefer in den bequemen Drehstuhl und krallte seine Finger in die gepolsterten Armlehnen, während Sophie lächelnd zu ihm aufschaute. In ihren großen, ausdrucksstarken Augen lag ein Funkeln, und sie spitzte ihre sinnlichen Lippen. Sie musste ein leichtes Parfum aufgelegt haben, denn ein unaufdringlicher, frischer Geruch stieg in seine Nase. Außerdem konnte er von seiner Position in den Ausschnitt ihrer Bluse blicken. Was für ein verruchtes Ding ...

Richards Herz legte noch einmal an Tempo zu. Er ließ eine Hand in Sophies braunes Haar gleiten und spielte an einer seidigen Strähne, während die Frau zwischen seinen Schenkeln begann, mit den Lippen seine Penisspitze zu necken. Zart küsste sie seine Eichel, was ein elektrisierendes Kribbeln durch Richards Körper schickte, aber er wollte mehr, wollte seine ganze Länge zwischen ihre Lippen schieben. Also drückte er Sophies Kopf in seinen Schoß.

Artig stülpte sie den Mund über ihn und saugte, während Richard eine Hand in den Kragen ihrer Bluse schob und eine Brust umfasste. Weich und schwer lag sie auf Richards Handfläche, und als er leicht zudrückte, entfuhr Sophie ein Stöhnen. Er wog und knetete den Hügel, bis der Nippel hart abstand. Dann zwirbelte er ihre dicke Spitze zwischen zwei Fingern.

»Richard ...« Sie keuchte in seinen Schoß.

»Für dich Monsieur Lemercier!«, sagte er bestimmend, aber sanft. »Und jetzt mach weiter!«

Ihre Zunge legte sich an seinen Schaft, dann flatterte sie über die Spitze und züngelte um den Schlitz. Sie beherrschte es, ihm Lust zu verschaffen. Richard wusste, so hielt er es nicht lange aus, aber er wollte noch nicht, dass es zu Ende war, bevor er richtig losgelegt hatte. Richard erinnerte sich wieder an Sophies rasierten Spalt, den er unbedingt erkunden musste. Ob sie zwischen ihren Schenkeln auch so heiß war wie in ihrem Mund?

»Hör auf!«, befahl er.

Mit geschwollenen Lippen blickte sie zu ihm auf. »Mach weiter ... hör auf ... Was wollen Sie eigentlich, Monsieur?«

»Ich möchte eine Angestellte, die macht, was ich will«, erwiderte Richard, wobei er einen Fingernagel in ihren Nippel drückte.

Schwer atmete Sophie gegen seinen nass gelutschten Schwanz, bis der Lustschmerz abgeklungen war. »Weiß Ihre Frau, welchen Eignungstest Ihre Angestellten bestehen müssen?«, fragte sie keck und leckte sich über die Lippen.

Richard grollte. »Das geht dich nichts an! Und die Sache hier wird brav unter uns bleiben, hast du verstanden?« Ihr entsetzter Gesichtsausdruck brachte das Blut in ihm zum Kochen. »Wenn du hier arbeiten möchtest, wirst du nicht nur mein Haus sauber halten, sondern dich mir hingeben, wann immer ich möchte. Kapiert?«

»Oui, Monsieur«, erwiderte sie kleinlaut. »Ich werde Ihnen gehorchen und eine folgsame Dienerin sein.« Lag da ein spöttischer Zug um ihre Mundwinkel? Er würde ihr noch den nötigen Respekt einbläuen!

»Jetzt leg dich mit dem Bauch auf den Tisch und spreize die Beine!«, befahl er heiser. Die ganze Situation machte Richard ungemein an. Dieses Erlebnis war neu für ihn. Niemals zuvor hatte er eine Frau auf diese Weise genommen, aber er könnte sich daran gewöhnen. »Ich muss mich auch von deinen anderen Qualitäten überzeugen, bevor ich ein Urteil fälle.«

Sophie gehorchte und stellte sich vor den Schreibtisch, auf den sie ihre Hände abstützte. Dadurch streckte sich ihr süßer, kleiner Po vor Richards Lenden. Er rückte mit dem Stuhl in eine optimale Position und warf ihr den Rock auf den Rücken, um freie Sicht auf ihr knackiges Gesäß sowie ihre rasierte Spalte zu haben, dann legte er die Hände auf die runden Hälften.

Wow! Richard bebte. Die Haut an Sophies Hinterteil schien weich wie Samt, ja, beinahe fühlten sich die drallen Backen wie zwei überdimensionale Pfirsiche an.

Richard streichelte ihren Po, wobei sein Glied zuckte. Es ragte immer noch aus seiner Hose. Lusttropfen liefen an dem prallen Schaft herab und benetzten den Stoff.

Sophies Beine zitterten, als er an den Innenschenkeln entlangstrich, die schlank aber wohlgeformt waren. Ein wenig beugte sich Richard vor, um seine Nase in ihren Spalt zu stecken. Er leckte über Sophies Anus, worauf der enge Ring zuckte.

»Du bist wunderschön«, raunte er an ihre Schamlippen, an denen er mit der Zunge auf und ab fuhr. Sie waren weich und noch viel samtiger als Sophies restliche Haut.

Richard drückte seine Handfläche auf ihre Vulva und schob sie langsam vor und zurück. Immer mehr Blut strömte in ihren Unterleib. Richard fühlte, wie es unter seiner Hand heißer wurde und die Schamlippen anschwollen. Sie öffneten sich wie eine erblühende Rose und enthüllten die inneren Labien. Sofort benetzte Feuchtigkeit Richards Finger.

Mit kreisenden Bewegungen ihres Beckens kam Sophie ihm seufzend entgegen. Es schien ihr zu gefallen, was Richard animierte, fortzufahren. Er nahm die Hand weg, wischte die sämige Nässe an ihrer Pobacke ab und tauchte dann abermals die Zunge in ihre Spalte. Langsam glitt er die inneren Schamlippen entlang, saugte sie manchmal ein oder pustete an ihren Eingang, aus dem unentwegt der cremige Saft lief. Richard leckte ihn heraus, bohrte seine Zunge tief in ihr heißes Fleisch und genoss den unglaublichen Geschmack. Danach könnte er süchtig werden, dachte er.

»Hab ich nicht gesagt, du sollst dich auf den Bauch legen?!« Er gab ihr einen kräftigen Klaps auf den Po, sodass sein Handabdruck zu sehen war. »Du musst mir besser zuhören!«

»Oui«, sagte sie kleinlaut und legte sich auf die große Platte. Nur ihre Beine ragten über den Rand.

Richard rückte mit seinem Stuhl näher an den Tisch und zog ihre Schenkel zu sich, bis er ihren Spalt vor der Nase hatte. Dann drückte er Sophies Beine weiter auseinander und hielt sie fest. Sophie wimmerte, weil er sie extrem dehnte, aber das würde sie schon aushalten, glaubte Richard. Sophie war eine sportliche Person.

Mit langsamen Zungenstrichen quälte er ihre Mitte, bis Sophies ganzer Körper zitterte. Er setzte am Kitzler an, um dann bis zu ihrer Rosette zu gleiten, in die er seine Zunge kurz hineinstieß. Aber der Widerstand war zu groß. Den würde er noch brechen müssen.

Aber zuerst wollte er in ihre köstliche Spalte stoßen, die ihn mit ihrem unwiderstehlichen Duft lockte.

»Ich möchte mehr von dir!« Richard zog Sophie zu sich auf den Schoß und führte seinen Penis an die richtige Stelle.

Beinahe ohne Widerstand glitt er in die seidige Hitze, so nass war sie bereits. Sophies Scheidenwände umschlossen ihn fest, und Richard drang tiefer vor, bis Sophie ganz auf ihm saß. Er gab ihr einen Moment, um sich an die Dehnung zu gewöhnen. Auch wenn Richard sein bestes Stück für nicht allzu lang hielt, so war es doch außerordentlich dick. Sophies Schamlippen wurden zur Seite gepresst und ihre Scheide geweitet. Richard genoss es, sie weit zu öffnen.

Sophie stützte sich währenddessen an den Lehnen ab und begann ihn zu reiten, während er einen Finger auf ihrem Kitzler kreisen ließ, aber schon bald stieß Richard sie von sich, denn er war bereits zu erregt. »Jetzt leck deinen Saft von meinem Schwanz!«

Mit aufgerissenen Augen drehte sich Sophie um und starrte auf seine Erektion, die mit ihrer Lust benetzt war.

»Na los, mach ihn sauber!«, forderte er ein weiteres Mal. »Auf die Knie!«

Sophie gehorchte zögerlich und leckte behutsam über die Eichel. Aber Richard drückte ihren Kopf herunter, worauf sein Schwanz ihren Kiefer auseinanderdrückte und er hineinglitt. Sie nahm ihn ganz auf, züngelte jedoch nur zögerlich um den dicken Schaft.

»Schmeckt dir dein Saft nicht? Dann gib ihn mir!« Richard zog sie an den Haaren vorsichtig zu sich und küsste Sophie. Er leckte ihren Saft von den Lippen und saugte auch ihre Zunge ein, um alles zu bekommen, was sie abgeleckt hatte. Dann wiederholte er das Spiel noch ein paar Mal: Sie ritt ihn, dann lutschte sie ihn sauber und Richard kostete von ihr. Es war herrlich! Aber er wollte mehr. Wenn sich dieses Luder schon dermaßen schamlos anbot und er alles mit ihr machen konnte, dann wollte Richard das auch ausnutzen, denn da gab es etwas, das er noch nie ausprobiert hatte.

»Steh stramm!«, trug er ihr auf.

Sophie stellte sich wieder vor den Tisch, und Richard zog ihr den kurzen Rock von den Hüften. »Ich will dich ganz nackt, nur Strapse und Schuhe bleiben an«, raunte er.

Wieder gehorchte sie, und bald stand Sophie enthüllt vor ihm. Er drehte sie, um sich alles genau ansehen zu können: ihre drallen, leicht hängenden Brüste mit den großen Warzenhöfen, den flachen Bauch, das rasierte Dreieck mit den geschwollenen, hochroten Schamlippen, und die langen Beine in den halterlosen Strümpfen. »Wunderschön«, kommentierte er. »Aber trotzdem bin ich noch nicht ganz überzeugt, ob du geeignet bist, für mich zu arbeiten. Leg dich mit dem Rücken auf den Tisch und stell deine Füße auf der Platte ab. Ich brauche vollen Zugang zu dir.«

»Was hast du … Was habt Ihr vor, Monsieur?«

Hatte sie das teuflische Glitzern in seinen Augen bemerkt?

Gut! Sollte sie ruhig ein wenig Angst bekommen, das erhöhte den Reiz.

Richard fackelte nicht lange und drückte Sophie zurück auf den Tisch, um sie in die gewünschte Position zu bringen. Sophie sträubte sich nur halbherzig, aber ganz geheuer schien ihr die Sache nicht zu sein, denn sie verfolgte mit Argusaugen jede seiner Bewegungen. Dennoch lief noch mehr Feuchtigkeit aus ihr heraus und hinterließ einen Fleck auf seinem teuren Schreibtisch. Den würde sie nachher auch noch weglecken dürfen.

»Jetzt möchte ich erst einmal etwas Essen.« Richard griff nach der Banane, die auf der Schreibtischkante lag. Gemächlich schälte er sie, bis das Innere frei lag.

Vorwurfsvoll sah ihn Sophie an, wohl weil er sie plötzlich verschmähte, aber noch ehe sie protestieren konnte, tauchte er seine Banane in ihren nassen Eingang und biss von der benetzten Frucht ab.

»Köstlich«, murmelte er. Ihm lief das Wasser im Mund zusammen. »Magst du auch?« Richard hielt ihr die Banane vor die Nase, aber Sophie schüttelte den Kopf.

»Du weißt ja nicht, was gut ist.« Er wiederholte die Prozedur, bis er die ganze Frucht verspeist hatte, dann leckte er durch ihren Spalt.

Sophies Kitzler war dick geschwollen. Mit den Lippen zupfte Richard daran herum und überlegte, was er als Nächstes anstellen sollte. Sein Schwanz war noch immer steif, aber durch die Ablenkung mit der Banane nicht mehr so knallhart wie zuvor. Allerdings brauchte er für sein neues Vorhaben einen richtig strammen Riemen. Also erhob sich Richard aus seinem Sessel und trieb sich ohne Vorwarnung zwischen ihre Schamlippen.

Die schmatzenden Geräusche, während er pumpte, brachten Richard wieder ganz nach oben. Sophies Saft floss reichlich – er bahnte sich seinen Weg zwischen ihren Pobacken hindurch und benetzte ihren anderen Eingang, den Richard gleich in aller Ruhe erforschen wollte.

Stöhnend bog die nackte Frau auf seinem Tisch den Rücken durch, wobei sie ihre hohen Schuhe gegen seine Brust drückte. Richard griff mit beiden Händen nach ihren Brüsten und knetete sie sanft. Abermals freute er sich, dass sie wunderbar weich waren.

Eine Fantasie manifestierte sich in ihm, die er unbedingt einmal ausprobieren wollte: Sophies Brüste zu verschnüren. Aber nicht heute. Heute wollte er etwas ganz anderes.

Richard zog sich aus ihr zurück und befahl: »Jetzt dreh dich auf den Bauch!« Dabei half er ihr.

Als sie endlich passend lag, ihren süßen Po vor seinen Lenden, rutschte er Sophie so zurecht, dass ihr Oberkörper zu ihren Beinen einen rechten Winkel bildete. Dadurch streckte sich ihr Gesäß schön hinaus.

Nachdem Richard ihre Beine noch ein wenig auseinander-gestellt hatte und er ihren Anus wunderbar vor Augen hatte, ließ er sich wieder in seinen Stuhl fallen.

Dann kramte er in seiner Schublade.

»Was haben Sie vor?«, fragte Sophie leise. Sie atmete schwer, genau wie Richard.

Mit zitternden Fingern angelte er nach einem Kugelschreiber, den er erst vor Kurzem als Werbegeschenk erhalten hatte. Der Stift verdickte sich am Griff und sah dadurch beinahe wie eine Zigarre aus. Wie würde Sophie gleich reagieren?

Richard zog den Kugelschreiber der Länge nach durch ihre geschwollenen Schamlippen, bis er mit ihrer Creme benetzt war, dann setzte er die abgerundete Spitze am Anus an.

»Monsieur, nicht!«, wimmerte sie, drückte ihm dennoch ihr Gesäß entgegen.

Und wie sie es wollte! Richard führte den Stift vorsichtig in ihren engen Ring ein. Dabei legte er seine andere Hand unter ihren Schamhügel, weil sich die Kante des Tisches dort in ihr weiches Fleisch presste.

Als der Kugelschreiber bis zur Hälfte versunken war, be-wegte er ihn vor und zurück. Sophie scheuerte sich dabei an seiner Hand.

»Gefällt dir das, ma petite?«, fragte er rau. Sein Schwanz pochte vor Sehnsucht, den engen Ring ebenfalls zu durchbre-chen, aber er musste sich gedulden. Sophie war noch nicht so weit.

Sie ließ nur ein lang gezogenes Stöhnen hören, das Richard animierte, weiterzumachen. Sein Schwanz ragte immer noch aus der Hose – die feinen Adern prall mit Blut gefüllt. Es gab Richard einen zusätzlichen Kick, dass er noch angezogen war und Sophie nackt.

Er zog den Stift heraus und tauchte dann seinen Zeigefinger in ihre Vagina bis es schmatzte; anschließend massierte er ihren Saft in den Ringmuskel ein. Je mehr Druck Richard ausübte, desto mehr schien sich Sophie für ihn zu öffnen. Seine Fingerspitze tauchte ein und ertastete ihre seidige Hitze.

Richard stöhnte, seine Erektion zuckte und verlor mehr Lusttropfen. Er konnte es immer weniger erwarten, in diesen engen Tunnel zu stoßen.

Er beugte seinen Kopf nach vorn, um Sophies Pobacken zu küssen. Ab und zu tauchte seine Zunge in ihre Spalte, dann züngelte sie den Damm entlang, bis zu ihrer Rosette, in der bereits sein ganzer Finger verschwunden war.

Weil sich Sophie immer noch an ihm rieb, war seine ganze Hand mit ihrem Saft bedeckt. Er zog sie hervor und wischte sie an ihrem Gesäß ab, was sie mit einem Grummeln quittierte.

Richard befand, dass es endlich Zeit war, diesen jungfräulichen Hintern zu erobern. Also stellte er sich dicht an die Tischkante und ließ seine nasse Penisspitze einige Male über den zuckenden Ring gleiten. Dann stupste er seine Eichel dagegen, bis der widerspenstige Muskel nachgab und Richard ins Paradies eintrat. Das seidenglatte Innere schloss sich heiß und fest um seinen Schaft, wobei die Haut auf seinem Kern hin- und hergeschoben wurde, wenn er sich bewegte. Erst nur vorsichtig, denn Richard wusste nicht, ob es Sophie gefiel. Die lag nämlich mucksmäuschenstill unter ihm, als ob sie den Atem angehalten hätte.

»Alles okay?«, fragte er mit vor Lust zitternder Stimme.

Keuchend stieß sie die Luft aus. »Ist das geil!«

Richard schmunzelte. Aber selbst er musste zugeben, dass ihm im Moment kein treffenderes Wort einfiel: Der Sex war geil, verboten, irgendwie pervers ... Über die gewöhnlichen

08/15-Stellungen war Richard bisher nur selten hinausgekommen.

Sophies Körper bebte unter ihm. Sie begann wieder, sich am Tisch zu reiben, während Richard seine Finger in ihre strammen Pobacken krallte, die Hälften noch ein Stück auseinanderzog und sich gemächlich in ihr vor- und zurückbewegte. Lange würde er das nicht aushalten. Richards Schwanz kribbelte und zuckte – nur mit Mühe konnte er den Samen zurückhalten, der sich im Schaft bereits seinen Weg hinauswinden wollte.

Sophies Wimmern ging in ein Keuchen über – sie rieb sich heftiger am Tisch.

Da kam Richard eine Idee. Ohne sich aus ihr zu lösen, griff er wieder in seine Schublade, um ein Ringbuch hervorzuholen, das er nicht mehr benötigte. Es wurde von einer Spirale zusammengehalten und besaß zwei Deckel aus Plastik.

Richard schob das Buch unter Sophies Schoß, damit sie sich an der Spirale reiben konnte. Jetzt glitt ihr Kitzler über die kunststoffummantelten Drahtschlingen, was Sophie laute Seufzer entlockte. Ihre Bewegungen nahmen an Intensität zu, wodurch auch Richards Penis stimuliert wurde. Er stieß härter in sie, weil sie sich nun an ihn gewöhnt zu haben schien. Der überwältigende Anblick, wie sein dickes Glied den engen Ring dehnte, war das Erregendste, was Richard jemals gesehen hatte.

Als sie kam, hielt er ihr den Mund zu und erstickte somit Sophies Schreie. Sie mussten leise sein, denn das Personal besaß sehr gute Ohren. Es wäre zu peinlich, wenn sie plötzlich in flagranti erwischt wurden.

Bis jetzt hatte sich Richard beherrscht, doch Sophies Schließmuskel, der sich rhythmisch um ihn zuzog, brachte ihn so hoch, dass er schon das verräterische Ziehen in seiner Peniswurzel fühlte, das seinen Orgasmus ankündigte. Er wartete noch, bis der letzte Krampf Sophie geschüttelt hatte, dann zog er seine Erektion aus ihr heraus. Sofort klatschte sein Sperma auf ihre Pobacken, ihren noch halb offenen Anus und ihre Spalte. Dabei schob Richard die empfindliche Haut über den harten Kern seines Schafts, um den Genuss zu verlängern. Sternchen tanzten vor seinen Augen und die Beine wollten ihn nicht mehr tragen.

Schwer atmend ließ sich Richard auf seinen Stuhl fallen und genoss den Ausblick auf Sophies markierten Körper.

Sie lag immer noch auf dem Tisch, doch nun warf sie einen Blick über die Schulter, um sich die Sauerei zu betrachten. »Richard ...« Zuckersüß lächelte sie ihn an. »Könntest du bitte ...«

»Eigentlich wollte ich, dass du das aufleckst«, sagte er trocken.

»Das ist nicht dein Ernst!« Empört zog sie die Brauen nach oben.

Richard öffnete grinsend seine Schublade, holte mehrere Papiertaschentücher heraus und wischte seine Spuren von Sophies Haut und der Platte. Das durchtränkte Papier landete im Mülleimer unter dem Tisch. Dann stand er auf und umarmte Sophie, wobei er seine Nase in ihr Haar steckte. »Das war der beste Sex seit Langem!«

Lächelnd drehte sich Sophie, die in Wahrheit Celine hieß, in seinen Armen herum. »Alles Liebe zum achten Hochzeitstag, mein Schatz!« Dann küssten sie sich lange und tief, bevor Celine hinzufügte: »Und, was hast du für mich?«

»Verwöhntes Frauenzimmer!« Richard lachte. »Hmm, also wenn du noch nicht genug vom Reiten hast ...«

»Du hast mir *Soleil* gekauft?« Celine wand sich aus Richards Armen und stieß einen spitzen Schrei aus. »Danke!« Nach einem flüchtigen Kuss, der Richard überhaupt nicht zufrieden stellte, hüpfte sie vom Tisch.

»Ich muss ihn sofort sehen!«

»Wen?« Richard war noch ganz benebelt.

»Na, *Soleil*« Freudestrahlend suchte sie ihre Kleidung zusammen, während Richard sein schlaffes Glied in der Hose verstaute.

»Ach so, den Gaul«, murmelte er. So schnell hatte er den Alltag nicht wieder zurückhaben wollen.

Nachdem sie sich angezogen hatte, lief Celine zur Tür hinaus und er folgte ihr mit großen Schritten durch das Herrenhaus. Wie er sie strahlen sah, die Wangen gerötet und die Lippen noch von ihrem Kuss geschwollen … Das könnte Richard von nun an jeden Tag haben. Gerade hatte er sich neu in seine Frau verliebt. Was doch so ein bisschen Sex ausmachte! Hoffentlich musste er nicht bis zum nächsten Hochzeitstag warten, bis sie wieder derart leidenschaftlich waren.

Richard überlegte. Es war gerade Mittag und das Personal befand sich bestimmt in der Küche. Und gab es im Stall nicht eine leere Box mit frischem Heu? Vielleicht konnte er Celine ja noch zu einer schnellen Nummer überreden. *Soleil* hatte immerhin ein Vermögen gekostet, da wäre ein bisschen mehr Dankbarkeit schon angebracht.

Schmunzelnd lief Richard hinter Celine her. Jetzt galt es nur noch, ihr seine Idee schmackhaft zu machen …

FÜHRE MICH NICHT
IN VERSUCHUNG No. 3

WAS BISHER GESCHAH:

Kate, die für den Staat Irland als Vampirjägerin arbeitet, erhält seit Wochen Morddrohungen von einem Vampir. Daher schafft sie sich einen Bodyguard an: den Franzosen Nathan. Er und die Jägerin Kate kommen sich schnell näher und beginnen eine heiße Affäre, bis Kate herausfindet, dass ihr Beschützer ein ehemaliger Vampir ist. Es gibt ein Heilmittel, das er sich täglich spritzen muss, um ein Mensch zu bleiben.

Als der Vampir, der Kate bedroht, die Jägerin töten will, stellt sich Nathan vor sie und wird schwer verwundet. Die einzige Rettung für ihn besteht darin, wieder ein Vampir zu werden. Also lässt er sich von Duncan, dem Besitzer der Bar »Temptation«, beißen, denn nur als Vampir kann Nathan Kate richtig beschützen.

Kate ist entsetzt, als sie herausfindet, wie viele Vampire unter den Menschen leben, von denen die Behörden nichts wissen. Sogar ihre Freundin Riana ist eine Vampirin. Sie arbeitet als Informantin für den Staat und ist dennoch Duncans Gefährtin.

Kates Liebe zu Nathan ist jedoch so groß, dass sie mit ihm zusammenbleibt und ihm sogar ihr Blut spendet, damit er von den Behörden nicht entdeckt wird. Aber sie sehnt den Tag entgegen, an dem Nathan endlich wieder zu einem Mensch wird.

Drei Wochen später ...

»Excusez-moi, mon ange, aber ich brauche es schon wieder.« Nathan grinste verschmitzt und zog Kate auf seinen nackten Körper.

Diese gähnte und streckte sich. »Du stehst auf, wenn ich ins Bett will. Irgendwie müssen wir das besser organisieren.« Kate kuschelte sich an Nathans Brust, wobei sie seinen männlichen Geruch tief inhalierte. Er duftete einfach außerordentlich gut!

»Das ist ja nur für den Übergang. Wenn ich wieder ein Mensch bin ...«

Schnell presste Kate ihren Mund auf seinen. »Pst, nicht jetzt davon sprechen, du unwiderstehlicher Mann.« Sie wollte nicht daran denken, dass Nathan nun wieder ein Vampir war, seit Duncan ihn gebissen hatte. Das war ihr immer noch unheimlich, schließlich hatte sie diese Geschöpfe beinahe ihr halbes Leben lang gejagt.

Vor zwei Wochen hatte sie ihren Posten als Vampirjägerin im Vorstand aufgegeben und sich auf unbestimmte Zeit beurlauben lassen, wobei sie psychische Probleme vorgetäuscht hatte. Jetzt wusste sie, dass es Untote gab, die nicht blutrünstig oder von Grund auf böse waren. So wie Riana, Duncan und Nathan.

Aber einer von der ganz üblen Sorte war irgendwo da draußen und wartete nur darauf, wieder zuzuschlagen. Seit dieser Vampir Kates Kollegen Tom auf brutale Weise umgebracht hatte, war der Untote spurlos verschwunden. Nathan hatte versucht, die Fährte aufzunehmen, aber der Regen hatte alle Spuren verwischt. Dennoch bekam Nathan von seinem Informanten den Tipp, dass ihr Täter womöglich in einem Club in London gesehen worden war. In den nächsten Tagen wollte Nathan dorthin aufbrechen ...

Kate spürte, wie sich Nathans leicht geschwollene Männlichkeit gegen ihren Slip drückte, was sie sofort auf andere Gedanken brachte. Ihre Nippel unter dem hauchdünnen Negligé richteten sich auf. Kate schmiegte sich an Nathans Brust und rieb ihre Hüften mit kreisenden Bewegungen an ihm.

»Kate, tu me fait bander.« Nathan stöhnte leise.

»Ich mach dich also heiß? Soll ich das Feuer löschen?«, neckte sie ihn.

»Oui, ich verbrenne.« Seine Finger glitten an den Seiten ihrer Oberschenkel unter den Slip. Kate öffnete ihre Schenkel ein wenig, sodass seine Hand dazwischenfahren konnte, wo Kate warm und feucht war.

Ihre Finger griffen in sein schwarzes Haar, um sein Gesicht dicht an ihres zu ziehen. Während Nathan sich aufsetzte, starrte er sie beinahe fiebrig an.

Nathans Lust weckte auch das Tier in ihm. Mittlerweile hatte sich Kate an den Anblick gewöhnt, obwohl sie sich immer noch ein wenig vor Nathan fürchtete, wenn sich seine Pupillen zu Schlitzen verengten und sich seine Reißzähne aus dem Kiefer schoben. Aber dieser gefährliche Mann brachte jede Saite in ihr zum Klingen. Niemals zuvor hatte Kate solch eine Leidenschaft erlebt und dann ausgerechnet mit einem Vampir! Sie ließ sich sogar freiwillig von ihm beißen. Einerseits, damit die Behörden nicht auf ihn aufmerksam wurden, andererseits war sie viel zu eifersüchtig. Niemals ließe sie es zu, dass Nathan seine Zähne in einer anderen Frau vergrub. Kate wusste, was das für berauschende Gefühle auslöste. Keine andere sollte diese Erfahrung mit Nathan machen.

Nathans Nasenflügel blähten sich, als er Kate mit einem Ruck auf den Rücken drehte und ihr den Slip von den Hüften zog. Weit spreizte er ihre Schenkel, um dann sein Gesicht auf ihr feuchtes Geschlecht zu pressen.

Kate entwich ein keuchender Laut. Zwischen ihren Schamlippen kribbelte es bereits heftig. Mit flinken Bewegungen ließ er seine Zunge über ihr Fleisch gleiten, während er gleich mit mehreren Fingern in sie eindrang. Wie viele es genau waren, vermochte Kate nicht zu sagen, aber die Dehnung war extrem. Dennoch öffnete sie sich noch weiter für Nathan und drückte sich seiner Hand entgegen.

»Du kannst es nicht erwarten, was, ma chatte?« Nathan kniete sich über sie, wobei er Kates Hemdchen bis über ihre Brüste nach oben schob. Ihre Nippel reckten sich ihm spitz entgegen, und sofort nahm er eine Knospe in den Mund, um hart daran zu saugen. Kate spürte, wie seine scharfen Zähne über ihr empfindliches Fleisch schabten, doch das erregte sie noch mehr. Sie griff zwischen ihre Körper und legte ihre Hand fest um Nathans stahlharte Erektion.

Er stöhnte an ihre Brust. »Na los, nimm ihn dir.«

»Wer von uns beiden kann es hier nicht erwarten?«, stichelte Kate, bevor sie sich seinen Schaft einführte. Stöhnend und zitternd sank er auf sie und bohrte sich immer tiefer.

Kate mochte sein Gewicht auf ihr und sie liebte es, wenn er mit seinen eisblauen Augen zu ihr herabsah und ihm sein pechschwarzes Haar in die Stirn fiel. Dabei wirkte Nathan unglaublich animalisch. An diesem Abend irgendwie mehr als zuvor, denn er schnaufte hart und schwitzte.

Kate drückte ihn dennoch von sich runter, worauf Nathan neben ihr auf dem Rücken landete.

»Heute werde ich dich reiten, mein starker Hengst!« Sie

grinste bis über beide Ohren, als sie sich auf Nathans Schoß setzte. Er wirkte beinahe wehrlos. Seine Arme lagen angewinkelt neben seinem Kopf, den er auf die Seite gedreht hatte. Nathans Brustkorb hob sich schwer. Nach seinem Glied greifend, setzte sich Kate auf die dicke Eichel.

Nathan stöhnte leise. Aber Kate wollte mit ihm spielen. Sie senkte sich nur so weit hinab, dass seine Spitze in ihr verschwand, bevor sie sich wieder erhob. Dabei hielt sie sich an seinen Oberschenkeln fest und öffnete die Beine weit, damit er alles sehen konnte. Ihre Schamlippen glänzten, ebenso Nathans Augen, die er starr auf ihre gespreizte Weiblichkeit gerichtet hielt.

»Kate, du bringst mich um.«

»Unmöglich«, sagte sie, worauf sie sich einfach auf seinen langen Schaft sinken ließ, sodass er schmatzend in ihr verschwand. »*Ich* sterbe, wenn ich mir nicht gleich nehme, was ich brauche.« Sie beugte sich nach vorn, um sich an Nathans gestutztem Schamhaar zu reiben, und hielt sich dabei mit einer Hand an seiner Brust fest. Kate griff in seinen Nacken, zog seinen herrlichen Mund nah heran und küsste ihn. Und Nathan tat immer noch so, als würde sie ihn diesmal beherrschen. Er lag einfach unter ihr, stöhnend und schwitzend, während sie auf ihm ritt und ihre Zunge zwischen seine Lippen stieß.

Als Nathan den Kopf zurückwarf, spürte Kate, wie er in ihr zuckte. Sein Samen schoss in sie und füllte sie mit seiner Wärme. Für Kate war es immer aufs Neue erregend, wenn Nathan ihr alles gab, besonders aber seine Liebe.

Er setzte sich im Bett auf, als würde er sich noch ein letztes Mal aufbäumen, und da barst Kates Körper vor Lust und Ekstase. Ihr Kitzler klopfte wild, eine gigantische Welle hob sie in andere Sphären, bevor sie auf seine Brust sank.

Schwer atmend legte sich Nathan hin.

»Ich habe dich ja ganz schön geschafft!« Kate lachte. »Sonst machst du doch *mich* immer fertig.«

»Ach, ich brauche vielleicht nur eine anständige Mahlzeit«, winkte er ab und schloss die Augen.

Sofort rüttelte Kate ihn an den Schultern. »Hey, du wolltest doch aufstehen!« Ihr war es nur recht, wenn er noch ein wenig neben ihr liegen blieb. Sie vermisste ihn nachts an ihrer Seite. Also kuschelte sich Kate an ihn und machte ebenfalls die Lider zu.

Bald wurde sie jedoch stutzig. Nathan zitterte und stöhnte unterdrückt. Aber es war kein lustvolles Stöhnen. Abrupt stützte sich Kate auf die Ellbogen. »Irgendetwas stimmt doch nicht mit dir!«

»Eine kleine Erkältung, vielleicht«, murmelte Nathan, die Augen immer noch geschlossen.

»Ein Vampir ist niemals krank!« Kate legte ihm eine Hand auf die Stirn. »Du glühst ja!«

»Ich muss nur ein wenig schlafen, dann wird es mir schon besser gehen.« Nathans Stimme war kaum mehr als ein Flüstern.

»Vielleicht brauchst du Blut?«

Er schien in sich hineinzuhören, bevor er leise sagte: »Ich habe keinen Hunger.«

Nathan war eindeutig fiebrig und hatte Schüttelfrost. Warum ging es ihm plötzlich so schlecht? »Wie kann ich dir helfen?« Wenn sie einen Arzt riefe, würde sehr schnell herauskommen, dass er kein normaler Mensch war. Dann hätte nicht nur Nathan ein Problem. Auch wenn Kate nun eine Jägerin außer Dienst war, musste sie mit einer enormen Strafe rechnen, weil sie ihn deckte.

»Nathan?« Als er plötzlich nicht mehr ansprechbar war,

bekam es Kate mit der Angst zu tun. Ihr Herz raste und der Puls hämmerte in ihren Ohren. »Oh Gott, Nathan!« Vorsichtig tätschelte sie seine Wange und rüttelte ihn an der Schulter, aber er reagierte nicht. Sein ganzer Körper strahlte eine unglaubliche Hitze aus!

Der einzige Gedanke, der Kate in ihrer Panik einfiel, war, Riana und Duncan anzurufen.

***

Als es an der Haustür klopfte, lief Kate sofort hin, um aufzumachen. Eine große Gestalt in einem schwarzen Mantel verdeckte ihr den Blick nach draußen.

»Darf ich reinkommen?«, fragte Duncan.

Kate hätte über dieses Vampirgesetz geschmunzelt, wenn es Nathan nicht so schlecht ginge. Ein Vampir durfte das Haus eines Menschen nur betreten, wenn er die Erlaubnis dazu bekam.

»Natürlich«, sagte sie hastig und zeigte ihm den Weg. Der Hüne eilte ans Bett und beugte sich über Nathan. Eine ganze Weile stand er reglos da, wobei er Nathan konzentriert anstarrte.

»Was spürst du?«, fragte Kate Duncan, nachdem er nichts sagte.

Der braunhaarige Vampir kratzte sich an einer Braue. »Das ist seltsam. Sein Organismus kann sich anscheinend nicht entscheiden, wie er jetzt funktionieren soll.«

Duncan vermutete, dass Reste des Heilmittels dafür verantwortlich waren und jetzt Duncans Blut in Nathan angriffen. »Nathaniel kämpft dagegen an, sein Körper kann sich jedoch nicht entscheiden, ob er wieder Mensch oder Vampir sein soll.«

»Was können wir nur tun?«

»Diesen Zustand wird er nicht lange durchhalten. Keiner weiß, wie sein Organismus reagieren wird, weshalb ich nur eine Möglichkeit sehe ...«

»Das Heilmittel?«, fragte Kate.

Als Duncan nickte, lief sie sofort los und holte eine Spritze aus dem Kühlschrank. Duncan machte Anstalten, sie ihr abzunehmen, aber Kate schüttelte den Kopf. »Ich werde es tun.« Sie wollte nicht, dass Nathan deshalb vielleicht böse auf seinen alten Freund wurde. Immerhin hatte Nathan geschworen, so lange ein Vampir zu bleiben, bis sie Kates Erpresser gefunden hatten.

»Er wird wieder ein Mensch sein«, flüsterte Kate, während sie die Nadel in die Vene seines Unterarms stach und die bläuliche Flüssigkeit injizierte. »Bitte!«

Duncan bot Kate an, noch eine Weile bei ihr zu bleiben, um zu sehen, wie Nathans Körper darauf reagierte. »Falls er es nicht schafft ...« Duncan sah sie eindringlich an. »Du kannst immer bei Ria und mir Schutz suchen.«

Kate ergriff kurz Duncans Hand und drückte sie. »Danke. Ich hatte ein völlig falsches Bild von euch ... Vampiren.«

»Nein«, brummte Duncan. »Wir sind nur eine Ausnahme.«

Tränen schossen in Kates Augen, als sich Nathan aufbäumte. Er hatte offensichtlich schlimme Schmerzen. Sofort beugte Kate sich über ihn. Ihr Herz wummerte hart in der Brust. »Nathan! Du darfst nicht sterben, hörst du!« Zu Duncan gewandt sagte sie: »Ich weiß so wenig über ihn. Er hat mir nicht mal erzählt, wie er früher lebte und wie er zum ersten Mal zum Vampir wurde.«

»Das ist vielleicht auch besser so«, erwiderte Duncan leise.

Sofort wurde Kate hellhörig. »Hast du ihn damals auch gebissen?« Sie rückte näher an Nathan, der den Kopf hin- und herwarf. Beruhigend strich sie ihm durch das dunkle Haar, das nass von seinem Schweiß war.

»Nein, ich war nicht schuld an seiner Verwandlung.« Duncans Lider verengten sich zu schmalen Schlitzen. Anscheinend dachte er über etwas Unschönes nach.

»Du weißt, wie es passiert ist, nicht wahr?«, drängte Kate. Sie wollte es unbedingt erfahren. Nathan war ihr immer auf diese Frage ausgewichen.

»Er würde nicht wollen, dass ich es dir erzähle. Das soll er lieber selbst tun«, murmelte Duncan, der sich wohl ernsthaft Sorgen um seinen Freund machte. Er hatte sich an das Fußende gesetzt und sah Nathan aus großen Augen an. Dabei fuhr Duncan ständig durch sein langes Haar.

Kate zog Nathan die verrutschte Decke wieder bis zum Hals nach oben und seufzte. »Aber vielleicht wird er ... was ist, wenn er ... dann werde ich nie erfahren ...« Sie holte tief Luft und schaute Duncan eindringlich an. Der Schmerz in ihrer Brust wurde langsam unerträglich. »Bitte, was ist damals passiert?«

Duncan räusperte sich nur, den Blick starr auf seine Hände gerichtet.

»Bitte!«

»Also gut!« Er atmete tief ein und begann zögerlich, ohne Kate anzusehen: »Es geschah vor über hundert Jahren in Frankreich. Ein mächtiger Vampirfürst machte Nathaniel zu dem, was er heute ist.« Offensichtlich wusste Duncan nicht, wie viel er Kate erzählen sollte.

Sie hatte die Hoffnung schon aufgegeben, dass er mehr verlauten ließ, aber Duncan überraschte sie: »Vampire halten sich manchmal menschliche Wirte, die sie benutzen, um immer frisches Blut zu haben.«

Das war Kate bekannt. Deshalb hatten die Behörden damals Duncan in Verdacht gehabt, ein Vampir zu sein, als Gäste seiner Bar bewusstlos und mit Blutverlust aufgefunden wurden. »Dann war Nathan ein Blutwirt?«

»Nicht nur ...«, brummte Duncan und fuhr sich durchs Haar. »Er musste dem Fürst auch auf andere Weise dienen. Anscheinend hatte der Vampir Gefallen an Nathaniels Körper gefunden.«

Kate hörte schockiert zu. Sie kannte die Geschichten über die Gewohnheiten einiger Vampire, aber dass Nathan solch ein furchtbares Schicksal erlitten hatte ... Ihr schnürte es das Herz ein.

»Oftmals sind die Menschen damit einverstanden, Lustsklave eines Vampirs zu sein. Sie empfinden den Kuss eines Vampirs als erregend.«

Kate erinnerte sich daran, wie sie zum ersten Mal nach der Verwandlung mit Nathan geschlafen hatte. Er hatte nur ein wenig Blut von ihr genommen, während sie gemeinsam dem Höhepunkt zugesteuert waren. Es war berauschend gewesen.

Abrupt unterbrach Duncan ihre schöne Rückblende, denn er erzählte weiter: »Aber Nathaniel war nicht damit einverstanden. Er wehrte sich verbissen gegen ein Leben als Sklave, bis Tarek ihn in Ketten legte.«

»War das der Name dieses Vampirs? Tarek?« Kates Puls klopfte schneller.

»Ja.«

Eine weitere Frage beschäftigte Kate jedoch ebenso sehr. »War Riana deine ...«

Duncan schenkte ihr einen finsteren Blick. »Nein, sie hat mir ihr Blut freiwillig angeboten. Und sie kam nicht in mein Bett. Wir hatten da einen Deal ...« Er schien mit den Gedanken kurz weit weg zu sein, bevor er weitererzählte: »Nathaniel hielt dieses Leben an Tareks Seite nicht mehr aus. Es zerstörte ihn, nach und nach. Er wollte sich umbringen, aber Tarek ließ das nicht zu, denn er konnte nicht mehr auf ihn verzichten. Also biss er ihn und machte ihn zu seinem Gefährten. Aber dadurch begann der Albtraum für Nathaniel erst richtig.«

Kates Hand krampfte sich um Nathans Finger. Sie betrachtete Nathan, dem es langsam besser zu gehen schien. Es musste furchtbar für einen so stolzen und starken Mann wie ihn gewesen sein, von einem anderen Mann ... Nein, das mochte sich Kate nicht genauer vorstellen.

Duncan wollte die Geschichte wohl schnell zu Ende bringen, denn hastig fügte er hinzu: »Schließlich spürte ich Tarek, mit dem ich noch eine Rechnung offen hatte, auf. Er hätte mich getötet, wenn nicht Nathan eingegriffen und sich gegen seinen Herrn gestellt hätte. Gemeinsam haben wir Tarek vernichtet, obwohl das gegen das höchste Vampirgesetz verstößt. Aber Nathaniel war frei und ich hatte meine Rache bekommen. Eine Weile lebte er mit mir in Irland, aber dann haben sich unsere Wege getrennt, denn das Risiko aufzufallen, war einfach zu groß. Ich hatte nie wieder etwas von Nathaniel gehört, aber wie ich ja jetzt weiß, hatte er in Belgien einen sicheren Unterschlupf gefunden.«

»Ist Nathan nun auch dein Gefährte, weil du ihn wieder verwandelt hast?«, wollte Kate wissen.

Duncan grinste. »Nein, ich habe schon Ria als meine Gefährtin erwählt. Dennoch sind Nathaniel und ich durch mein Blut verbunden. Aber diese Beziehung ist mehr freundschaftlicher Natur.«

»Wie geht eure Verwandlung voran?«, fragte Kate, die endlich das Thema wechseln wollte. Es war schon furchtbar genug, Nathan dabei zuzusehen, wie er sich vor Schmerzen wand, aber langsam schien er ruhiger zu werden. Frischer Schweiß glänzte auf seiner Stirn, er atmete jedoch schon flacher.

»Es fühlt sich tatsächlich so an, wie Nathaniel es beschrieben hat: als würde flüssiges Metall durch die Adern fließen. Aber Riana und ich – wir wollen wieder ein richtiges Leben und Kinder ... Sie wird völlig gesund sein, wenn sie wieder ein Mensch ist.«

»Sie war krank?« Überrascht sah Kate auf.

Duncan biss sich auf die Unterlippe. Anscheinend war ihm etwas entschlüpft, was niemand wissen sollte, deswegen hakte Kate auch nicht weiter nach.

In diesem Augenblick hörte sie Nathan flüstern: »Kate? Duncan?«

»Nathan!« Kate beugte sich über ihn, um seine Stirn zu befühlen. »Du glühst nicht mehr, Gott sei Dank!«

Flatternd öffneten sich Nathans Lider. »Was ist denn passiert?« Er zwinkerte ein paar Mal, bevor er begriff. »Ihr habt es getan, nicht wahr?«

Anscheinend spielte er auf die Injektion an, denn Duncan nickte. »Mein Biss ist dir wohl nicht bekommen, Nathaniel.«

Kate erklärte ihm alles, wobei sie hoffte, dass er nicht allzu böse wäre. Sie kannte Nathan bereits so gut, dass sie genau wusste, wie sehr es ihn wurmte, wenn etwas nicht nach seinem Kopf ging.

»Danke«, sagte Nathan zu Kates Überraschung, während er versuchte, sich im Bett aufzurichten. Dabei bedachte er sie mit solch einem heißen Blick, dass sich Duncan räusperte. »Ich muss los, in meinem Laden geht's um diese Zeit immer rund.«

Nathan streckte ihm die Hand hin. Duncan ergriff sie und beide Männer sahen sich eine Weile tief in die Augen, bevor Nathan meinte: »Und dir danke ich auch, alter Freund.«

***

»Sei doch nicht verrückt, du bist noch viel zu schwach auf den Beinen!« Mit verschränkten Armen lief Kate im Dunkeln neben

Nathan her, der gerade seinen Van reisefertig machte. Er hatte es sich in den Kopf gesetzt, in dieser Nacht nach London aufzubrechen, um dort in einem Nachtclub an Informationen zu gelangen, die ihm auf der Suche nach dem gefährlichen Vampir weiterhelfen würden. Obwohl er bereits mehrere Injektionen genommen hatte, konnte sich sein Organismus wahrscheinlich noch nicht gegen das UV-Licht schützen. »Letzte Woche wärest du beinahe gestorben! Und das zum zweiten Mal in einem Monat!«

»Noch besitze ich einen Teil meiner Vampirkräfte, Kate«, rechtfertigte er sich, während er zwei Kopfkissen und eine Decke in den Laderaum warf. »Falls wir auf Tarek treffen ...«

»Nathan!« Kate stellte sich ihm in den Weg, aber er hob sie einfach an den Schultern hoch und stellte sie zur Seite.

Nathan wollte gerade die letzte Tasche aus dem Haus holen, aber dann besann er sich und drückte Kate mit seinem kräftigen Körper gegen den Kleinbus. »Ich bin in zwei Tagen wieder zurück, mon ange. Kannst du es so lange ohne mich aushalten?« Provozierend leckte er über ihren Hals, sodass Kate erschauderte. Ein wenig fehlten ihr die prickelnden Bisse, dennoch war sie sehr froh darüber, bald wieder ihren alten Nathan zu haben.

Er leckte weiter bis zu dem tiefen Ausschnitt ihres Kleides, wo er eine Brust heraushob und an der aufgerichteten Knospe saugte. Sofort begann es in Kates Schoß zu prickeln. Nathan wusste genau, wie er sie schwach machen konnte, und sein französischer Akzent tat seinen Großteil dazu.

»Ich will dich nicht verlieren«, murrte sie, denn plötzlich war ihre Wut verraucht. Kate fühlte, wie sie bereits feucht zwischen den Beinen wurde, nur weil er sie berührte und sie seinen vertrauten, maskulinen Duft roch. Ihre Nase in seiner

Halsbeuge vergrabend, nahm sie einen tiefen Zug.

»Ich dich erst recht nicht.« Nathan fuhr mit einer Hand an der Innenseite ihrer Schenkel entlang und hob ihn an, während er sie verlangend küsste. »Je t´aime«, hauchte er in ihren Mund, sodass Kate nun vollkommen dahinschmolz.

»Du setzt dein Französisch schon immer sehr geschickt ein, du Filou!«

Nathan öffnete seine Hose und schob ihren Slip zur Seite, bevor er ohne Umschweife in sie eindrang.

Ein Stöhnen entfuhr ihrer Kehle. Sie lehnte sich gegen das kühle Metall des Wagens und ließ es geschehen, dass Nathan sie hart gegen den Van stieß. Licht fiel durch die geöffnete Haustür auf sie beide, doch zum Glück verdeckte der Van die Sicht auf die Straße, an der vereinzelt Autos vorbeifuhren. Kate hatte es noch nie in der Öffentlichkeit getan, aber im Moment konnte sie nicht viele Gedanken daran verschwenden, denn Nathan trieb sie unaufhaltsam dem Höhepunkt entgegen.

Kate schlang beide Beine um seine Hüften, worauf er noch tiefer in sie fuhr. Mit einer Hand massierte Nathan ihre entblößte Brust und zwirbelte mit den Fingern die empfindliche Spitze, während Kates Hand zwischen ihre Körper glitt. Als sie ihre feuchte und dick angeschwollene Knospe berührte, entzog ihr Nathan die Hand.

»Non, nicht so schnell, Madame!« Kate an ihren Pobacken festhaltend, öffnete er die seitliche Schiebetür, bevor er sie ins Auto schubste. Mit einem Aufschrei landete Kate auf einer weichen Matratze. Sie kannte Nathans Wagen bereits und wusste, dass er im hinteren Teil keine Fenster besaß. So hatte Nathan, wenn er tagsüber unterwegs war, immer einen sicheren Platz, um sich vor der Sonne zu schützen ... oder wo sie beide ihrer Lust frönen konnten, wenn es sie plötzlich überkam.

Nachdem Nathan die Tür geschlossen hatte, krabbelte er über sie. »Jetzt sind wir ungestört, ma chérie.«

Kate konnte es tatsächlich kaum erwarten, ihn wieder in sich zu spüren. Zuvor streifte sie ihm jedoch das Hemd vom Körper und zog sich das Kleid über den Kopf. Sie wollte seine Haut auf ihrer fühlen.

Ungeduldig riss Nathan an seiner Hose, bis er sie von den langen Beinen bekommen hatte. Kate konnte immer noch nicht begreifen, wie attraktiv er war. Sie liebte ihn so sehr. Natürlich nicht nur wegen seines Aussehens – nein, er war auch so perfekt. Na ja, vielleicht ein klein wenig zu sehr Macho, aber welche Frau wollte schon ein Weichei? Kate mochte auf jeden Fall, wenn er im Bett den Ton angab, denn Nathan fielen immer die wunderbarsten Dinge ein.

Auch jetzt schien er eine Idee zu haben. Er schaltete die kleine Lampe über ihren Köpfen ein, die den Innenraum schwach beleuchtete. Kate sollte anscheinend genau sehen, was er mit ihr vorhatte. Tatsächlich bekam sie große Augen, als er nach einem Spanngurt griff, den er seitlich aus einem Staufach holte. Sie wusste, was Nathan beabsichtigte, worauf das Pochen in ihrem Schoß zunahm. Bereitwillig legte sie sich auf den Rücken und streckte die Arme aus.

»Oui, ma chatte ... mein Kätzchen weiß genau, was jetzt kommt.«

»Miau«, sagte sie lachend und räkelte sich.

Nathan hielt ihr die Arme über dem Kopf zusammen und verschnürte sie mit dem Spanngurt. Diesen befestigte er an einer der zahlreichen Ösen, von denen es im Laderaum genug gab. Genauso verfuhr er mit Kates Beinen, nur dass er sie weit öffnete und jeden einzeln links und rechts festzurrte.

Kate zog an den Riemen. Sie gaben ein wenig nach, da sie

elastisch waren, dennoch war sie Nathan nun vollkommen ausgeliefert. Er bedachte sie mit lüsternen Blicken, sein Geschlecht stand hart ab. Auf der geschwollenen Spitze glitzerten Lusttropfen.

Nathan hatte wohl bemerkt, worauf sie starrte, weshalb er über sie kam und ihr seinen Penis an die Lippen hielt. »Leck ihn sauber, mein Kätzchen.« Seine Stimme klang rau vor Verlangen, er atmete schwer.

Kate erschauderte wohlig. Sie tippte seine Eichel mit der Zungenspitze an und schmeckte darauf auch ihren eigenen Lustsaft. Gespielt verzog sie den Mund und drehte ihren Kopf weg. Sofort griff Nathan in ihr Haar, damit sie ihm wieder ihr Gesicht zuwandte. »Er schmeckt dir wohl nicht?«

Mit sanftem Druck drängte er sich zwischen ihre Lippen, bis Kate den Mund öffnete und ihn in sich aufnahm. Nathan stöhnte über ihr, während er vorsichtig hinein- und hinausglitt. Es wunderte Kate immer wieder, wie sanft er sein konnte und wie liebevoll.

Sie leckte sein glattes Fleisch und knabberte an seiner Eichel, bis Nathan vor Lust erbebte und sich zurückzog. »Nein, du bekommst meinen Saft noch nicht, mein Schleckermäulchen.«

Beinahe hätte Kate gelacht. Es war zu lustig, welche Kosenamen er ihr immer verpasste. Da waren ihr die französischen lieber, denn die verstand sie wenigstens nicht alle.

Nathan baute sich vor ihr auf, die Hände in die Hüften gestemmt. Himmel, er war so ein attraktiver Mann, aber in seinem Kopf musste ein Teufelchen stecken!

»Dein Grinsen wird dir gleich vergehen, meine kleine Sklavin.« Streng sah er auf sie herab, aber das Funkeln in seinen Augen strafte die harten Worte Lügen. »Ich glaube, es wird an der Zeit, dass du deinem Herrn ein wenig mehr Respekt entgegenbringst!«

Nathan kniete zwischen ihren gespreizten Beinen, während er in einer Reisetasche herumkramte. Er zog einen so gewaltigen Dildo hervor, dass sich Kate zuerst fragte, wie der überhaupt in die Tasche gepasst hatte, bevor sie es ein wenig mit der Angst zu tun bekam. Ihr Herz klopfte in einem wilden Stakkato.

»Oui, da bekommst du große Augen, was? Mein Schwanz scheint dir wohl nicht mehr zu reichen. Hab ich mir schon gedacht.«

Nein!, wollte sie rufen, dennoch trieb ihr der Anblick des Sextoys zusätzlich die Feuchtigkeit zwischen die Beine. Es war beinahe so lang wie ihr Unterarm und ebenso dick.

Nathan fuhr mit dem künstlichen Phallus an den Innenseiten ihrer Schenkel entlang. »Wollen wir mal sehen, was deine kleine Muschi alles verpacken kann, aber so bekomme ich den nicht rein.« Er löste die Spanngurte an ihren Beinen, um sie an zwei Haken festzumachen, die sich seitlich am Wagendach befanden. Nun waren Kates Schenkel nicht nur weit gespreizt, sondern Nathan hatte auch vollen Zugang zu ihrer Vagina.

Dieser Mann überraschte sie mit immer neuen Spielarten. Kate wusste, dass es ihr mit ihm nie langweilig werden würde. Zudem vertraute sie Nathan vollkommen. Niemals würde er die Grenzen überschreiten.

Er stellte sich mit geöffneten Schenkeln verkehrt herum über ihren Kopf, den Riesendildo in der Hand, und senkte sich auf sie herab. Dabei drückte er ihr sein Glied ins Gesicht. Bereitwillig schnappte Kate danach, um daran zu saugen.

»Ja, das kannst du gut, meine Sub.« Nathan küsste ihren Bauch und streichelte die bereits geschwollenen Schamlippen. Wenn er nicht endlich etwas aktiver zur Sache ging, würde Kate noch durchdrehen! Sie sehnte sich bereits nach Erlösung. Ungeduldig hob sie ihr Becken an.

»Nicht so schnell!« Nathan legte das Gerät auf Kates Bauch, wobei sie kurz zuckte, da es sich kühl anfühlte. Dann teilte er ihre Schamlippen mit einer Hand, um mit der anderen den Saft in ihrer Spalte zu verteilen, der bereits in Strömen lief. »Du läufige Hündin.«

»Den Ausdruck mag ich gar nicht«, beschwerte sie sich nuschelnd, bevor sie scharf die Luft einzog, denn Nathan drückte mit Daumen und Zeigefinger ihren Kitzler zusammen. Dabei trieb er seinen Penis noch tiefer in ihren Rachen. Kate stöhnte auf.

»Oui, aber *das* gefällt meiner kleinen Sub.« Nathan nahm den Dildo von ihrem Bauch und rieb dessen breite Spitze in Kates Spalte, um ihren Saft darauf zu verteilen. Allein der Gedanke daran, dass er gleich dieses dicke Ding in sie schob, ließ Kate noch nasser werden.

Nathan setzte den Dildo an ihrem Eingang an, während er mit dem Daumen um ihre Klitoris kreiste. »Entspanne dich.« Er drückte den Phallus gegen ihr pochendes Geschlecht, das dadurch unweigerlich gedehnt wurde.

»Er ist zu groß«, entfuhr es ihr. Nathan begann sofort wieder mit den Hüften zu pumpen. Sein Penis glitt in ihren Mund, und sie leckte und saugte ihn begierig.

Da drückte er zu und die dicke Eichel glitt ganz langsam in sie hinein.

Kate glaubte, noch nie in ihrem Leben so ausgefüllt gewesen zu sein. Nathan steckte in ihrem Mund und Kate schmeckte schon die Vorboten seiner Lust. Sein Daumen rieb immer heftiger an ihrem Kitzler; der Dildo dehnte ihre Scheidenwände bis zum Äußersten. Immer tiefer trieb Nathan sein Glied und das Sextoy in sie, bis es Kate nicht länger aushielt. Es war ein so herrliches Gefühl, dem Mann, den sie liebte, ganz ausgeliefert zu sein, dass sie ihren Orgasmus nicht mehr zurückhalten konnte. Sie stöhnte ihren Höhepunkt an sein Glied, während Nathan den Riesenphallus in ihr bewegte. Ein paar Stöße später entlud er sich in sie und füllte sie mit seinem herben Geschmack, wobei er sinnlich knurrende Laute ausstieß.

***

Kate krabbelte aus dem hinteren Teil des Wagens nach vorn, setzte sich neben Nathan und blinzelte in die Nacht hinaus. »Soll ich ein Stück fahren?«

Nachdem Kate ihn mit »weiblichen Argumenten« dazu überreden konnte, sie mitzunehmen, hatten sie kurze Zeit später Dublin verlassen und die nahe gelegene Ortschaft Dun Laoghaire angesteuert. Von dort aus setzten sie mit einer Fähre nach Holyhead über und fuhren gerade auf der A 55 nach London, das sie in etwa vier Stunden erreichten. Das bedeutete, es würde bereits kurz vor Sonnenaufgang sein, wenn sie am »Nightcrawlers« ankamen. In diesem Club erhoffte sich Nathan an Informationen über Tarek zu kommen.

Auf der kuscheligen Matratze, in der überall Nathans unwiderstehlich-männlicher Geruch hing, hatte Kate tatsächlich ein wenig geschlafen.

»Du darfst die ganze Strecke zurückfahren«, sagte Nathan, wobei er sie anlächelte. »Ich hoffe, dass ich mich nicht allzu lang im ›Nightcrawlers‹ aufhalten muss.«

»Hm«, brummte Kate. Sie holte eine Thermoskanne hervor und goss sich heißen Kaffee ein. »Auch einen?«, fragte sie und reichte Nathan den Becher.

Er nahm einen vorsichtigen Schluck und verzog dabei den Mund, bevor er ihr das Gefäß zurückgab. »Mein Körper muss sich erst wieder an richtige Nahrung gewöhnen.«

»Du kannst es wohl kaum erwarten, wieder in deine heißgeliebten Donuts zu beißen, was?« Kate freute sich, dass er auf dem besten Weg war, wieder ein normaler Mann zu werden.

***

Es war bereits vier Uhr morgens, als sie den Van auf dem Parkplatz vor dem »Nightcrawlers« abstellten. Kate starrte auf das alte Backsteingebäude, das von einem roten Scheinwerfer erhellt wurde, während sie sich einen Kaugummi aus dem Handschuhfach holte. In diesen Club würde Nathan gleich verschwinden. Das »Nightcrawlers« sah aus wie das Tor zur Hölle, denn vor der Tür stand ein seltsam aussehender Mann. Er war recht muskulös, hatte einen Buckel und fettiges Haar.

Kate schüttelte sich und steckte sich den Kaugummi in den Mund.

Nathan war in den hinteren Teil des Wagens gekrochen, wo er anscheinend nach etwas suchte. »Mein Informant sagte mir, dass der Türsteher Hywel heißt. Er sieht furchteinflößender aus als er sein soll, obwohl er ein Dämon ist.«

»Ein Dämon? Na hervorragend!«, sagte Kate trocken. Sie wusste, dass es in London eine Organisation von Dämonenjägern gab, die dafür sorgten, die Stadt sauberzuhalten. Vielleicht sollte sie ihnen mal einen Tipp geben?

Plötzlich drang ein unterdrücktes Knurren an Kates Ohren. Sie drehte sich um, konnte aber im Dunkeln nichts erkennen. »Nathan, alles okay?«

»Ja«, stieß er gepresst aus, »ich hab mir nur noch mal eine Injektion gesetzt, denn ich habe keine Ahnung, wann ich wieder aus dem Club rauskomme.«

Kate wollte gern bei ihm sein, wenn er sich vor Schmerzen wand, aber Nathan hatte es ihr untersagt. Er mochte es wohl nicht, wenn sie ihn so schwach sah.

Als Nathan wieder in die Fahrerkabine stieg, trug er nichts

weiter am Leib als eine schwarze Latexpants und seine Schuhe. Ansonsten schien es ihm wieder gut zu gehen.

Kate schluckte. Er sah wirklich zum Anbeißen aus. Aber wollte er wirklich in diesem Outfit in den Club?

»Du kannst mich nicht allein im Van lassen, was ist, wenn der Vampir hier auftaucht?«

Nathan öffnete die Tür und sah zum Himmel. Noch war es dunkel, aber es dauerte nicht mehr lange, bis sich die Morgenröte am Horizont abzeichnen würde. »Kate, da drinnen lungern die übelsten Gestalten rum. Das will ich dir wirklich ersparen.«

Hey, sie war eine Jägerin, sie hatte in ihrem Leben schon die eine oder andere grausame Begebenheit erlebt, auch wenn sie die letzten Jahre hauptsächlich hinter dem Schreibtisch zugebracht hatte. »Wieso, was ist denn das genau für ein Club?«, fragte sie unschuldig.

Nathan schob sich einen kleinen Dolch in die Sohle seines Schuhs, der dafür anscheinend extra eine spezielle Vorrichtung besaß. »Das ›Nightcrawlers‹ ist ein Lusttempel für alles Gesindel auf Erden. Dämonen, Gestaltwandler und sonstige finstere Gesellen frönen dort drinnen dem Vergnügen.«

»Ah ja, das dachte ich mir schon«, erwiderte sie.

»So?« Mit hochgezogenen Brauen musterte Nathan sie. »Du hast doch was vor ...«

Nathan kannte sie einfach schon zu gut. Auch Kate begab sich jetzt nach hinten, um sich umzuziehen. »Ich komme mit.«

»Das kommt überhaupt nicht infrage!«, zischte er durch die geöffnete Autotür, doch als Kate aus dem Fahrzeug sprang, genau in seine Arme, schien Nathan die Luft wegzubleiben.

»Was ... bist ... du?«

Sie grinste ihn frech an. »Deine ...« Kate wollte nicht »Lustsklavin« sagen, damit sich Nathan nicht an seine Vergangenheit erinnerte, deswegen säuselte sie: »Ich bin deine Unterhaltung.«

»Ah ha«, versuchte er möglichst unbeeindruckt zu erwidern und starrte auf die blonde Langhaarperücke und die schwarze Ledermaske, die ihre Augen bedeckte. Aber als Kate sich den schwarzen Mantel von den Schultern streifte und Nathan sah, dass sie darunter bis auf ihre Stöckelschuhe und ein ledernes Halsband vollkommen nackt war, bekam er Stielaugen. »Petite chipie! Du kleines Luder. Du hast das von Anfang an geplant!« Er fixierte erst ihre Brüste, deren Nippel ob der kühlen Nachtluft hart abstanden, bevor sein Blick zwischen ihre Beine wanderte, wo sie bis auf einen schmalen Streifen Haare vollkommen nackt war.

»Glaubst du allen Ernstes, ich lasse dich allein in einen Sexclub marschieren, mein Lieber? Immerhin kenne ich deine Libido.« Unverfroren griff Kate ihm an den Schritt der Latexhose, durch die sich sein Glied deutlich abzeichnete. Unter ihrer Berührung begann es sofort zu wachsen.

»Lass das!« Augenblicklich zog er ihre Hand weg.

»Siehst du, du hast deine Libido überhaupt nicht im Griff.« Kate lächelte ihn triumphierend an.

»Ach, eigensinniges Weib!«, fluchte er mit zusammengekniffenen Augen, bevor er nach dem Halsband griff und sie zu sich heranzog. »Hoffentlich werden im Club nicht alle über dich herfallen.«

Ein wenig bekam es Kate nun mit der Angst zu tun. »Das wirst du doch nicht zulassen?« Hastig streifte sie sich den langen Mantel wieder über die Schultern.

Nathans Gesichtszüge entspannten sich. »Natürlich nicht, mon ange.« An dem Lederriemen zog er sie noch näher und küsste sie so zärtlich, dass Kate ganz weiche Knie bekam. »Aber den Mantel kannst du gleich wieder ausziehen.«

»Was?« Nathan verlangte doch wohl nicht, dass sie nackt in den Club spazierte?!

Er schien ihre Gedanken erraten zu haben, denn er schmunzelte kurz, bevor er mit ernster Stimme sagte: »Deine Verkleidung wird dir nicht viel nützen. Wenn er da drin ist, könnte er dich allein an deinem Geruch erkennen. Du müsstest doch wissen, dass der Geruchssinn eines Vampirs beinahe so ausgeprägt ist wie bei einem Hund.«

»Das hatte ich tatsächlich fast vergessen!« Kate stieß einen unterdrückten Fluch aus und riss sich die Maske herunter. Was war sie nur für eine miserable Jägerin! Nur gut, dass sie immer nur hinter dem Schreibtisch gesessen hatte.

Nathan nahm sie an die Hand und zog sie zum seitlichen Teil des Wagens. Er öffnete die Schiebetür, hinter der ihre Reisetaschen standen. »Ihr Frauen geht doch nie ohne irgendwelche Cremes oder Duftwässerchen aus dem Haus, habe ich recht?«

Kate verstand sofort. Im schwachen Schein der Innenbeleuchtung wühlte sie in einem Seitenfach und zog eine pastellgelbe Plastikflasche heraus. »Körperlotion mit Vanilleduft. Mit Knoblauch war leider ausverkauft.«

Nathan lachte, wobei er ihr die Flasche aus der Hand nahm. »Vanille tut es auch.« Dann streifte er ihr ohne Vorwarnung den Mantel von den Schultern, sodass er hinter ihr auf dem Asphalt landete. Abermals stand Kate fast nackt vor ihm. Das Halsband hing zwischen ihren Brüsten herab, eine goldene Locke des künstlichen Haars kräuselte sich vor einer Brustspitze.

»Jetzt siehst du tatsächlich wie ein Engel aus, mon ange.«

Kate betrachtete Nathan dabei, wie er sich eine großzügige Portion der Creme in die Handfläche goss, dann stellte er die Flasche zur Seite. Mit ein paar Tupfern verteilte er die kalte

Lotion auf verschiedenen Körperstellen, bevor seine großen, warmen Hände über ihre Haut glitten, um alles zu verreiben.

Himmel, sie stand hier nackt auf einem Parkplatz vor einem Dämonenclub, dennoch fühlte sie ein Pochen in ihrem Schoß. Nathans geschickte Hände raubten ihr den Verstand!

»Heb deine Haare hoch, damit sie nicht voller Creme werden«, sagte Nathan, dessen Stimme nun rau klang. Anscheinend erregte ihn die Prozedur ebenfalls.

Kate nahm die künstlichen Locken in beide Hände und hielt sie nach oben, sodass ihre Brüste gestreckt wurden. Sofort fuhr Nathan darüber und knetete sie leicht. Die vorwitzigen Nippel erhärteten sich unter seiner Berührung. »Du bist so wunderschön, mon ange«, schnurrte Nathan. Sein französischer Akzent schürte ihre Lust zusätzlich. Am liebsten wollte sie sich jetzt auf ihn stürzen, um ihn zu vernaschen, aber ihnen blieb nicht mehr viel Zeit. Bald ging die Sonne auf. Bis dahin mussten sie im Club sein.

Kate bemerkte, wie sich bereits Feuchtigkeit zwischen ihren Schamlippen sammelte. Um sich abzulenken, fragte sie Nathan: »Wenn wir drin sind, wie sollen wir dann an irgendwelche Infos kommen?«

»Überlass das nur mir. Das hier ist mein Metier, meine kleine Jägerin.« Gerade verteilte er die Lotion an ihren Oberschenkeln, weshalb er vor Kate kniete und ihren Unterleib direkt vor Augen hatte. »Du läufst schon wieder aus.«

Ohne Vorwarnung drückte er seinen Kopf in ihren Schoß, um die sämige Nässe aus ihrer Spalte zu lecken.

»Nathan!« Ihre Finger krallten sich Halt suchend in sein Haar, damit sie in den hohen Schuhen nicht das Gleichgewicht verlor. »Wenn jemand vorbeikommt!«

»Du wolltest da an meiner Seite durch, also kannst du gleich mal beweisen, ob du deiner Rolle gewachsen bist. Glaube nicht, dass ich im Club nur Händchen mit dir halten werde«, sagte er an ihre Schamlippen, bevor er abermals mit seiner Zunge dazwischentauchte.

Kate musste sich ins Auto setzen, da sie nicht mehr stehen konnte. Nathan legte sich einen ihrer Schenkel auf seine Schulter und fuhr tief mit seiner Zunge in ihren weit geöffneten Eingang.

Ausgerechnet als Kate spürte, wie sich ihr Höhepunkt anbahnte, stand auf einmal der schmierige Türsteher vor ihnen. Kate keuchte auf und wollte Nathan von sich drücken, doch der ließ sich von dem Besucher nicht stören, im Gegenteil. Er richtete sich auf, um sein Glied aus der Hose zu holen.

Das konnte doch nicht sein Ernst sein!

Zögerlich tippte der Türsteher mit einem krummen Finger Nathan auf die Schulter. »Wenn ihr noch rein wollt, müsst ihr euch beeilen. Ich schließe jetzt ab.« Hywel kratzte sich an seinem fettigen Kopf, schien jedoch ansonsten unbeeindruckt von ihrem Schauspiel zu sein.

Nathan verpackte, etwas Unverständliches murmelnd, seine Erektion, half Kate in den Mantel und zog sie an der Leine zu sich. »Wir machen drinnen weiter.«

**

»Was sollte das?«, zischte Kate, als sie einen stickigen Vorraum betraten und Hywel hinter ihnen absperrte.

»Warum, das war doch genial.« Nathan grinste und rückte sein immer noch halb erigiertes Glied durch die Hose zurecht. »Der Typ hat uns ohne zu überprüfen reingelassen. Du gibst aber auch eine zu süße Sklavin ab.« Er zog wieder an ihrem Halsband. »Und jetzt tust du nur noch, was ich dir sage, verstanden, kleine Sub!« Er zwinkerte ihr zu, aber seine Worte ließen sofort wieder Hitze in ihren Unterleib schießen. »Und senk deinen Blick. Eine Sklavin darf ihrem Herrn niemals in die Augen sehen, wenn er es ihr nicht erlaubt.«

»Was ist, wenn sie es doch tut?«, fragte sie mit wild pochendem Herzen. Auf einmal war ihr die ganze Aktion nicht mehr geheuer. Sie trug nicht mal eine Waffe bei sich.

»Dann muss ich dich bestrafen. Und jetzt komm.« Er zog sie ein Stück weiter in den Vorraum, wo ein zerknittertes Gesicht aus einer Öffnung starrte. »Garderobe« stand in verschnörkelten Buchstaben über der Durchreiche.

Als Nathan ihr den Mantel abnahm, zuckte Kate zusammen und unterdrückte den Impuls, ihre Hände schützend vor sich zu halten. Verdammt, warum hatte sie sich denn keine Unterwäsche angezogen?

»Hallo Cameo«, sagte Nathan zu dem Hutzelmännlein, das den Mantel lächelnd entgegennahm.

»Woran hast du mich erkannt?«, fragte der kleine Mann.

»An deinen leuchtenden Augen!« Nathan lachte leise und zog Kate weiter durch eine schwere Tür. Jetzt war sie froh, ihren Blick nur auf den Boden gerichtet zu halten, so konnte niemand ihr Gesicht sehen. Oh, wie sie sich schämte! Dennoch siegte ihre Neugier und so schielte sie ein wenig durch ihre goldenen Locken, die wenigstens einen Teil ihrer Brüste verdeckten. Nathan schien ja doch einige Leute zu kennen, die sich hier aufhielten. Das beruhigte Kate etwas.

Sie betraten einen großen Raum, der wie ein Tanzclub aussah. Es gab einen Catwalk und Eisenstangen, an denen sich nackte Schönheiten räkelten. Eine Frau mit drei Brüsten war die Hauptattraktion auf der Bühne. Kate musste mehrmals hinsehen, um es zu begreifen.

Vor dem Laufsteg standen ein paar Tische, an denen das

gaffende Publikum saß, und im hinteren Teil erstreckte sich eine lange Bar.

Der Barkeeper, ein gut aussehender junger Mann, blickte sofort in ihre Richtung. Es war offensichtlich, dass er sie neugierig musterte. Anscheinend kamen nicht oft neue Gäste ins »Nightcrawlers«. Hinter ihm, an einer verspiegelten Wand, standen unzählige Flaschen in Regalen, und Gefäße mit bunten Flüssigkeiten rauchten vor sich hin.

Langgezogene, vibrierende Töne, die sich wie ein klingendes Didgeridoo anhörten, drangen an Kates Ohr und lullten ihr Gehirn ein. Es war das einzig Angenehme in diesem Club, denn der Rest ließ Kate erschaudern. Nicht alle anwesenden Unterweltler zeigten sich in ihren menschlichen Hüllen. Da gab es schlangen- und rattenähnliche Wesen, deren Augen unheimlich glühten; eine Gestalt, die wie ein Zwerg aus einem Märchen aussah, vergnügte sich auf einer dunkelroten Samtcouch mit zwei wunderschönen Frauen. Doch am allermeisten bestaunte Kate einen sehr attraktiven, nackten Mann, der sie ein wenig an eine androgyne Figur aus einem Manga erinnerte. Seine rabenschwarzen Haare fielen ihm bis auf die Hüften. Dort ging sein Körper in den Unterleib eines Stieres über. Sein riesiges Gemächt baumelte zwischen den muskulösen Tierbeinen und machte einen sehr bedrohlichen Eindruck.

»Ich muss mir erst mal einen Überblick verschaffen«, murmelte Nathan an ihr Ohr, bevor er sie an ihrem Halsband weiter hinter sich herzog. Ihn schienen diese fabelhaften Wesen kaum zu beeindrucken.

Sie traten in einen breiten, gebogenen Gang, von dem zahlreiche Zimmer abführten, in denen es ziemlich turbulent zur Sache ging. Kate blieb kurz an einer Tür stehen. In dem Raum räkelte sich auf einem breiten Bett eine nackte Frau.

Die schwarzhaarige Schönheit wurde von vier jungen Männern festgehalten, die sie überall betatschten. Aber anscheinend war sie die Herrin und die Männer die Sklaven. Das erkannte Kate daran, dass die Frau ihre Untergebenen nur mit Blicken kommandierte. Die Männer waren nichts weiter als Marionetten, die aber unverkennbar ihren Spaß an der Sache hatten. Ihre Erektionen leuchteten dunkelrot und ragten steil nach oben.

Ein fünfter Mann kniete zwischen den gespreizten Schenkeln der Frau und leckte sie hingebungsvoll. Auf ein Kopfnicken ihrerseits ließ einer der Männer ihren Arm los und steckte sein geschwollenes Glied in ihren Mund. Als die Schwarzhaarige stöhnte, pochte es zwischen Kates Beinen.

Grinsend zog Nathan sie weiter. »Möchtest du auch mal von mehreren Männern bestiegen werden?«

Sie starrte ihn aus großen Augen an. »Der Gedanke würde mir eventuell gefallen«, sagte sie vorsichtig, denn bei Nathan wusste sie nie, »aber nur, wenn du noch Zwillingsbrüder hättest oder dich klonen könntest.« Somit hatte sie ihm die Möglichkeit genommen, sie plötzlich mit einem Dreier zu überraschen.

»Okay«, antwortete er nur und grinste unverschämt.

Was ging nun schon wieder in seinem Kopf vor?

Plötzlich standen sie abermals an der Bar. Der lange Flur schien ein Rundgang gewesen zu sein. Nathan dirigierte Kate zum Ende des Raumes, wo es zahlreiche Separees gab. Es dauerte eine Weile, bis sie eine freie Nische gefunden hatten. Kate setzte sich auf eine mit schwarzem Wildleder bezogene Couch, während Nathan ihr Halsband dort an einer Öse befestigte. »Schön artig bleiben, Fiffi, ich hole uns mal was zum Trinken.«

»Ich bin doch kein Hund!«, beschwerte sie sich, doch Nathan nahm ihr Kinn in seine große Hand und drückte ihr einen Kuss auf die Lippen.

»Non, du bist kein Hund, aber meine Sklavin, deswegen darf ich dich nennen wie ich will«, flüsterte er, bevor er sie in dem düsteren Separee allein ließ und den Vorhang zuzog.

Sofort kam sich Kate etwas verloren vor, obwohl sie froh war, ihren nackten Körper nicht mehr der Allgemeinheit präsentieren zu müssen. Sie starrte auf den dreiarmigen Kerzenleuchter, der auf einem Beistelltisch vor ihr stand und ein schummriges Licht verbreitete, aber ein tiefes Stöhnen hinter der Trennwand ließ sie auffahren.

Sie drehte sich auf der Couch herum und bemerkte, dass an der Wand noch mehr Ösen angebracht waren. Zudem gab es so merkwürdige runde Platten, nicht größer als eine Münze. Neugierig drückte Kate ihren Zeigefinger dagegen. Sie konnte den kleinen Deckel zur Seite schieben. Dahinter befand sich ein Guckloch!

Mit trommelndem Herzen schaute sie sich um, aber Nathan war noch nicht zurück. Also wagte sie einen kurzen Blick, denn Nathan sollte sie nicht für voyeuristisch halten. Aber was Kate in der Nische nebenan sah, machte sie neugierig. Dort waren zwei Männer am Werk!

Ein schlanker, noch sehr jung aussehender Typ kniete nackt vor einem knackigen Gesäß, das zu einem gut aussehenden Mann gehörte. Er hatte ebenso dunkles Haar wie Nathan, wirkte jedoch noch ein wenig muskulöser. *Eigentlich sollte der Stärkere doch der Herr sein*, wunderte sich Kate. Sie fragte sich, ob sich die beiden extra so positioniert hatten, damit sie alles sah. Anscheinend wollten sie beobachtet werden!

Der junge Mann zog an dem schwarzen Stöpsel, den sein Untergebener im After hatte. Kate wusste: Es war ein Analplug. Der große Kerl stöhnte, als der Jüngere an dem Plug drehte und ihn ein Stück herauszog, wobei es leise schmatzte. Es befand sich eine reichliche Portion Gleitcreme in seinem Darm.

»Schscht ...« Der junge Mann streichelte das feste Gesäß, das einige rote Striemen aufwies. »Wehr dich nicht dagegen, Brody, sonst ...«

»Jetzt gib mir endlich deinen Schwanz!«, schrie der Untergebene beinahe, sodass Kate zurückwich. Aber sofort sah sie wieder durch die Öffnung.

Der junge Dominus zog den Plug heraus und steckte zwei Finger in das zuckende Loch, um es noch ein wenig zu dehnen. Dabei drückte sich ihm der große Mann entgegen. Er schien es sehr zu genießen.

Kate hatte noch nie dabei zugesehen, wenn es Männer untereinander machten. Sie schluckte, als sie das riesige Glied des jungen Mannes sah, das sich gegen die runzlige Öffnung drückte. Himmel, dieser Typ hatte eine Eichel, die beinahe so groß war wie ein Tennisball! Und der Rest seines gewaltigen Schaftes war nicht weniger Furcht einflößend. Er erinnerte sie an den Riesendildo, den Nathan ihr hineingesteckt hatte.

Dennoch nahm der Untergebene laut stöhnend, aber mit Leichtigkeit, den mächtigen Phallus in sich auf. »Du zerreißt mich, Delwyn!«

»Ja, das sagst du immer«, meinte der junge Mann keuchend. »In Wahrheit könntest du noch viel mehr vertragen.«

Kate spürte, wie sie immer unruhiger wurde. Ob sie auch gerade beobachtet wurde, wie sie so nackt und allein hier saß, festgebunden wie ein Hund?

Als sich plötzlich eine Hand um ihren Busen legte, hüpfte sie beinahe von der Couch. »Nathan! Du hast mich erschreckt!«

Er drückte sich eng an sie. »Erregt es dich, wenn sich zwei Männer lieben?«

Kate dachte daran, was Nathan widerfahren war, aber sie

konnte nicht wegsehen. »Euch Männern gefällt es doch auch, wenn es zwei Frauen miteinander treiben«, rechtfertigte sie sich.

Auch Nathan wagte einen längeren Blick. »Der Sklave ist seinem Herrn sehr ergeben. Er scheint ihn sehr zu lieben.«

Mit gerunzelter Stirn sah Kate zu Nathan. »Wie kann ein Sklave seinen Herrn lieben?«

»Oh, meine kleine Sub, du musst noch viel über Dominanz und Unterwerfung lernen.«

»Wer sagt denn, das ich das will?«, mokierte sie sich halbherzig und schaute wieder durch das Guckloch. Kate beobachtete gerade, wie der junge Mann zum Höhepunkt kam. Dabei drehte er den Kopf und schien Kate direkt anzublicken! Kleine Flammen schossen aus seinen Augen. Er war ein Feuerdämon!

Nathan band sie los und zog am Halsband. »Jetzt komm, mon petit chien, gerade wurde ein Zimmer frei, das habe ich gleich für uns reservieren lassen.«

Kates Augen wurden groß, aber in ihrem Schoß pochte es. »Aber ich dachte, wir sind hier, um an Informationen zu gelangen?«

»Zuerst das Vergnügen, dann die Arbeit«, sagte Nathan grinsend und deutete auf die Beule in seinem Schritt. »Oder glaubst du, ich kann mich auf irgendetwas konzentrieren, wenn es mir gleich den Schwanz zerreißt?«

Bereitwillig ließ sich Kate durch die umstehenden Leute in den Gang ziehen, in dem die Zimmer lagen. Je schneller sie den lüsternen Blicken der Dämonen entkam, desto besser. Noch glücklicher war sie allerdings, als Nathan die Tür hinter ihnen zudrückte. Sie befanden sich in einem kleinen Raum, dessen Wände und Fenster schwarz getüncht waren. Der flauschige Teppichboden besaß eine blutrote Farbe, ebenso die Laken des großen Bettes, das fast den halben Platz für sich beanspruchte.

Es gab noch ein schwarz lackiertes Glasschränkchen, in dem allerlei unartige Utensilien lagen, die Kate aber nicht einmal anfassen wollte. Wer wusste schon, in welchen Körperöffnungen sie gesteckt hatten?

Kate besah sich das Bett genauer. Die Laken waren glatt und schienen sauber zu sein. Noch bevor sie sich über weitere Hygienemaßnahmen den Kopf zerbrechen konnte, hatte Nathan sie schon auf die Matratze befördert.

»Soll ich dich wieder festbinden?«, fragte er rau.

»Heute mal nicht.« Kate lächelte unsicher. Hier, zwischen all den Dämonen, wollte sie doch lieber sofort einsatzbereit sein, falls es zu einem Zwischenfall käme.

Nathan schien ihre Gedanken zu erraten. »Auch wenn ich dich gleich rannehme, sollten wir auf der Hut sein, mein blonder Engel.«

»Siehst du, gut, dass ich mitgekommen bin. Sonst hättest du vielleicht noch die Frau von nebenan bestiegen«, sagte Kate und räkelte sich lasziv auf den roten Laken.

Nathan legte sich lächelnd auf sie. »Diese Dämonenbraut?« Gespielt verdrehte er die Augen. »Niemals.«

Als es plötzlich an der Tür klopfte, versteifte sich Kate. »Wer kann das sein?«

»Meine Überraschung! Du hast mich da vorhin auf eine Idee gebracht.« Nathan erhob sich, um zu öffnen, und Kate schlüpfte unter das weinrote Laken. Sie hatte sich schon so auf den Sex mit Nathan gefreut.

Ob er einen Informanten herbestellt hatte?

Aber als Nathan die Tür aufsperrte, blieb ihr die Luft weg. Der Mann, der eintrat, trug nicht nur die gleiche Latexpants wie Nathan, sondern sah auch sonst genau wie Nathan aus.

»Du hast mir verschwiegen, dass du einen Bruder hast!«

Nathan lachte. »Nein, wir sind nicht im Entferntesten verwandt. Darf ich vorstellen: Cameo. Er ist ein Physiokopist, eine ganz besondere Unterart der Gestaltwandler. Cameo kann sich in beinahe jedes Lebewesen verwandeln – es eins zu eins kopieren.«

Cameo verbeugte sich. »Bonjour, Kate.«

Himmel, er besaß auch noch die gleiche Stimme wie Nathan und denselben französischen Dialekt!

Cameo ... diesen Namen hatte Kate heute schon mal gehört, aber sie war gerade so durch den Wind, dass es ihr nicht einfallen wollte.

Ihr Nathan grinste sie wölfisch an. »Du wolltest es doch mit mehreren Männern machen, wenn sie so aussehen wie ich.«

Oh, das war unfair, er hatte wieder eine Lücke gefunden! Hier war zudem dämonische Magie oder was-auch-immer im Spiel, dennoch konnte sie Nathan nicht böse sein. Je länger Kate die zwei Nathans ansah, desto mehr freute sie sich.

»Ist er ... gefährlich?«, fragte sie zögerlich und nickte zu Nathan Nummer zwei.

Dieser stemmte die Hände in die Hüften, genauso wie es der richtige Nathan immer tat, und beschwerte sich gespielt: »Madame! Ich würde Ihnen ... ich würde dir niemals ein Leid zufügen!«

Jetzt grinste Kate bis über beide Ohren. »Der ist süß, den nehm ich!«

»Und was ist mit mir?«, beschwerte sich der echte Nathan mit hochgezogenen Augenbrauen.

»Du darfst auch mitmachen.«

»Sie ist ein Luder«, sagte der Klon.

»Ja, das ist sie«, erwiderte Nathan, bevor sich die zwei identischen Männer rechts und links von Kate ins Bett legten.

Eine Weile lag Kate nur still da und wusste nicht, wie sie sich jetzt verhalten sollte. Aber das war auch nicht nötig, denn die beiden Nathans übernahmen die Initiative. Sie begannen, mit den Händen über ihren Körper zu fahren. Ganz sanft streichelten sie erst einmal nur Kates Arme und Beine, bis sie sich völlig entspannt hatte. Dabei beobachtete sie, wie der Klon auf jede Geste und jeden Blick von Nathan reagierte. Er gab Cameo anscheinend vor, wie er Kate zu verwöhnen hatte. Es entspannte Kate noch mehr, da sie spürte, dass Nathan nach wie vor der Spielführer war und hier nichts geschehen würde, was sie nicht wollte.

Beide Nathans zogen sich ihre Schuhe und Hosen aus, um anschließend ihre nackten Körper an Kates Seiten zu reiben. Die prächtigen Schwänze drückten sich an ihre Hüften und verteilten dort die Lusttröpfchen, die beide Männer reichlich verloren. Kate legte ihre Finger um die Erektionen, sodass die zwei Nathans leise stöhnten. Sie knabberten an ihrem Hals und leckten ihre Ohrmuscheln, während Kate ihre Glieder massierte. Es war ein überwältigendes Gefühl! Vier Männerhände erkundeten ihren Körper, kneteten ihre Brüste, zwirbelten die empfindlichen Spitzen und die Hand des »echten« Nathans stahl sich zwischen ihre Beine. Sie wusste, dass er es war, denn er roch anders als Cameo. Viel männlicher und einfach nach – Nathan.

»Ist es so, wie du dir das vorgestellt hast?«, fragte er mit vor Verlangen heiserer Stimme. Sein harter Schaft zuckte zwischen ihren Fingern, worauf Nathan ihre Hand wegzog. Daraufhin entließ Kate auch Cameos Erektion, denn sein glasiger Blick sagte ihr, dass er ebenfalls kurz davor war, zu kommen. Es faszinierte Kate, wie seine Augen ab und zu die Farbe wechselten. Sie flackerten noch ein paar Mal zwischen grün und blau hin und her, bevor sie sich von Nathans eisblauen Augen in keiner Weise mehr unterschieden.

»Hey!«, drang plötzlich die Stimme des echten Nathan an ihr Ohr. »Was siehst du ihn so an?«

Kate drehte lächelnd den Kopf in seine Richtung. »Eifersüchtig auf dich selbst?«

»Ich sehe schon«, sagte er, »du kannst dich nicht ganz entspannen, wenn du immer noch weißt, wer von uns Cameo ist.«

Nathan setzte sich auf und drehte Kate auf den Bauch. Ihre Beine wurden auseinandergezogen und wieder gestreichelt. Dabei hörte sie, wie die beiden Männer öfter mal die Position wechselten. Irgendwann wusste Kate tatsächlich nicht mehr, wer Cameo war und wer Nathan.

Plötzlich legte sich jemand auf sie und drückte sein Glied in sie hinein. Unnachgiebig presste es sich zwischen ihre Schamlippen, worauf ihr Unterleib heftig pochte. Kate wurde ein paar Mal durchgestoßen, während einer ihren Oberkörper in die Matratze drückte, bevor die Männer die Plätze tauschten. Immer wieder schob sich der andere zwischen Kates Beine und schlief mit ihr – mal mehr, mal weniger wild –, bis Kate auf alle viere dirigiert wurde. Dann musste sie immer einen Mann mit dem Mund befriedigen, während der andere in sie stieß. Ständig leckte sie ihren eigenen Saft von den dunkelroten, erhitzten Schwänzen, saugte sie tief in ihren Mund und nuckelte daran, bis sich Nathan stöhnend zurückzog, um dem anderen Platz zu machen. Kate versuchte, anhand der Lusttropfen herauszuschmecken, wer nun der echte Nathan war, aber es war zwecklos. In ihrem Mund vermischten sich die verschiedenen Flüssigkeiten und verwirrten Kate mehr denn je. Es machte sie jedoch an, nicht zu wissen, wen von beiden sie gerade befriedigte.

Kate ließ alles brav über sich ergehen und genoss es, so benutzt zu werden. Die Männer machten mit ihr, was sie wollten, griffen ihr an die Brüste, leckten die Nässe aus ihrer Spalte oder hielten ihr wieder abwechselnd ihre Schwänze hin, damit sie ihren Saft von ihnen ableckte. Aber sie ließen Kate nicht kommen!

Plötzlich lag Kate auf Nathan, aber welcher Nathan es war, das wusste sie nicht. Mittlerweile war der Geruch nach Sex so intensiv, dass sie sich nicht einmal mehr auf ihre Nase verlassen konnte. Nathan lächelte wölfisch und hob sie auf seine Erektion, die sofort in ihrer feuchtheißen Höhle verschwand. Kate genoss das Gefühl, endlich richtig ausgefüllt zu sein und sich an einem heißen Körper reiben zu können.

»Jetzt werden dich zwei Männer stoßen, so wie du es dir schon lange heimlich wünschst, meine kleine Sub«, sagte der Nathan, der sich nun hinter ihr zwischen ihre Beine begab.

Der Mann unter ihr ergriff ihre Oberschenkel, zog sie weit auseinander und hielt sie an den Kniekehlen fest, sodass sich dem Nathan hinter ihr ein optimaler Blick auf ihre Löcher bot. Er musste nun genau erkennen können, wie der lange Schaft sich in ihr bewegte, und er sah bestimmt auch ihre andere Öffnung, die schon erwartungsvoll zuckte.

»Gleich«, sagte ihr Hintermann, bevor sie seine Zunge an ihrem Anus spürte.

Kate wäre beinahe gekommen, so sehr erregte sie diese Stellung, aber der Nathan unter ihr hatte aufgehört, sich zu bewegen. Deshalb versuchte sie sich an seiner warmen Haut zu reiben, aber der Mann hinter ihr stieß eine Warnung aus: »Ich werde bestimmen, wann du kommst!« Er leckte noch ein paar Mal über ihren Damm, und Kate hätte zu gern selbst gesehen, wie er dabei den Penis des anderen streifte, der noch

136

immer tief in ihr steckte. Dem Nathan unter ihr schien es zu gefallen, denn er schloss die Augen, zuckte und stöhnte.

Ihr Hintermann legte sich auf Kates Rücken und rieb sein hartes Geschlecht in der gut eingeseiften Spalte zwischen ihren Pobacken. Dabei stützte er sich mit den Händen ab, damit Kate nicht von seinem Gewicht erdrückt wurde.

Ganz langsam drang er in sie ein. Kate hatte schon einen Schwanz in ihrer heißen Höhle stecken, aber der zweite, der sich unaufhörlich in ihren Anus bohrte, baute ein unwahrscheinliches Druckgefühl in ihrem Unterleib auf. Dabei hielt der Nathan unter ihr immer noch ihre Schenkel fest, sodass sie keine Chance hatte, als auch den zweiten Penis ganz in sich aufzunehmen.

»Ich halte das nicht aus«, wimmerte Kate, denn der Lustschmerz war enorm. Ihr Kitzler rieb auf Nathans Schamhaar, während er zwischen ihre hochroten Schamlippen stieß und ihr Inneres dehnte – zur selben Zeit drückte der andere Nathan seinen harten Schaft immer tiefer in ihren Anus. Derselbe Mann griff nun nach ihren Nippeln, um sie leicht zu zwicken, und küsste sie auf ihren Hals. Kate drehte den Kopf so weit, dass der Nathan hinter ihr ihren Mund erreichen konnte. Und während er sie küsste und in ihren Mund flüsterte, dass sie jetzt kommen dürfe, brach es über Kate herein. Heftige Lustwellen durchströmten ihren Unterleib, als beide Männer in sie rammten und sich mit zuckenden Schwänzen in ihr entluden. Der enorme Druck löste sich und Kate schrie ihren Höhepunkt aus sich heraus, direkt an die Lippen des Mannes, der ihren Mund mit seiner Zunge penetrierte. Ihr Kitzler pochte wild an Nathans Schamhaar, worauf Kate sich fester auf den Körper unter ihr presste. Der Nathan hinter ihr drehte ihre Nippel noch so lange zwischen seinen Fingern und küsste Kate, bis sie auf der Brust des anderen zusammenbrach. Der Orgasmus war gigantisch gewesen!

»So, weißt du nun, wer der richtige Nathan ist?«, hörte sie einen von den Männern fragen, während sie selbst noch nach Atem rang.

Kate öffnete die Augen, drehte sich zu dem Nathan auf ihrer rechten Seite und flüsterte ihm ins Ohr: »Wo habe ich ein Muttermal, das wie eine Träne aussieht?« Nur gut, dass sie während der ganzen Zeit ihre Pumps getragen hatte.

Als ihr Nathan Nummer eins keine Antwort gab, drehte sie sich zu dem anderen Nathan hin, der sie ebenso frech angrinste, und flüsterte ihm dieselben Worte ins Ohr. Die Antwort kam prompt: »Auf deinem kleinen Zeh am linken Fuß.«

Lachend fiel Kate ihm um den Hals. »Du hast mich mal wieder ausgetrickst!«

»Und?« Er hob nur die Brauen und wartete auf eine Antwort.

»Es war einer deiner besten Tricks!«

Cameo verabschiedete sich mit einem »Au revoir, Madame« und verließ leise das Zimmer, ohne die beiden zu stören.

Erschöpft und glücklich lag Kate in Nathans Armen. Das war eine völlig neue Erfahrung für sie gewesen. Sie hätte sich das niemals mit einem fremden Mann getraut, aber Cameo hatte seine Rolle perfekt gespielt. »Ob Cameo jetzt im Club mit deinem Aussehen herumläuft?«, wollte Kate wissen. Sie gähnte und kuschelte sich noch näher an Nathan.

»Das kann er nicht. Er kann immer nur die Gestalt einer Person annehmen, die sich in seiner unmittelbaren Nähe befindet.«

»Hmm, dann ist ja gut«, brummte Kate. »Und wie sieht er sonst aus?«

»Na, du hast ihn doch schon gesehen.« Nathan schmunzelte. »Er hat an der Garderobe deinen Mantel in Empfang genommen.«

»Was? ER war das?«

Plötzlich sah Kate, wie sich in einer düsteren Ecke des Raumes etwas bewegte und Cameo war vergessen. Auch Nathan hatte es bemerkt, doch noch bevor er sich aufsetzen konnte, kam der Schatten auf ihn zugeflogen und riss ihn von Kate weg. Nathan wurde durch die Wucht auf den Teppich geschleudert, wo er keuchend auf dem Rücken landete.

Wie erstarrt blickte Kate auf den großen, hageren Mann, der erst sie angrinste und dann Nathan, wobei sein totenkopfähnliches Gesicht nicht das Einzige war, das Kate einen kalten Schauer über den Rücken schickte. Denn als sie Nathan hörte, wie er »Tarek« flüsterte, setzte ihr Herz für einen Schlag aus.

Tarek strich sich die langen blonden Strähnen aus dem Gesicht und baute sich vor dem Bett auf, die Arme in die Hüften gestemmt. Er trug einen wallenden, dunklen Mantel, womit er auf Kate wie ein Zauberer aus einem Fantasyfilm wirkte.

»Sieh mal einer an. Hier liegen die zwei Menschen beisammen, die ich schon so lange suche. Heute muss mein Glückstag sein!« Der Vampir lachte und in Kates Ohren klang es verbittert. »Hier ist die Jägerin, die uns allen das Dasein erschwert und dort ...« Tarek blickte auf Nathan, der wie gelähmt am Boden saß und die schlanke Gestalt anstarrte, »und dort ist meine große Liebe, die mir so böse in den Rücken gefallen ist. Sag, war Duncan der bessere Liebhaber, Nathaniel?«

»Wie ...«, brachte Nathan nur hervor.

»Wie ich euren gemeinen Anschlag überlebt habe, möchtest du wissen?« Sein Lachen glich einem rauen Kratzen. »Ich bin mächtiger, als du denkst, mein Lieber.« Tarek machte einen Schritt auf Nathan zu und sah verächtlich auf ihn herab. Seine dunklen Augen lagen tief in ihren Höhlen, was seinem Gesicht ein unheilvolles Aussehen verlieh. »Es hat viele Jahrzehnte gedauert, um mich von den Wunden zu erholen, aber nun bin ich hier, stärker als jemals zuvor.«

Nathan schien aus seiner Trance zu erwachen. Er schenkte Kate einen Blick, der bedeutete, dass sie schleunigst das Weite suchen sollte, aber Tarek war schon an ihrer Seite.

»Du wirst uns doch nicht verlassen, bevor wir unseren Spaß hatten, Süße!«

Mit rasendem Puls zog sich Kate die Decke bis zu ihrem Hals herauf, aber das Gesicht des Vampirs kam immer näher. Tarek setzte sich zu ihr auf die Matratze, riss ihr die blonde Perücke vom Kopf und schleuderte sie quer durch den Raum. »Süße Kate«, zischte er, wobei er ihr auch noch die Decke wegnahm, »so süß und hinterhältig.«

Kate rutschte so weit zurück, bis ihr Rücken gegen das kühle Bettgestell stieß. Schützend zog sie die Beine an und legte ihre Arme darum. Aber Tarek brauchte nur eine Handbewegung zu machen, schon gehorchte ihr der eigene Körper nicht mehr. Wie von Geisterhand glitt sie auf der Matratze nach unten, ihre Beine streckten sich und ihre Arme wanderten über ihren Kopf. Völlig schutzlos und nackt präsentierte sie sich nun Tareks hungrigem Blick.

Mit dem Daumen strich er ihr über eine Brustwarze, die sich sofort versteifte. Kate erschauderte und konnte nur wie gebannt in Tareks kalte Augen blicken, die sie in ihrem Bann hielten. Kate wusste, dass der Vampir sie mental beeinflusste, aber im Moment wollte sie sich nicht dagegen wehren.

»Lass sie in Ruhe, Tarek!« Nathan war aufgestanden. Jeder Muskel seines Körpers schien angespannt, als er um das Bett herum auf den Vampir zuging. Das nahm Kate nur am Rande wahr, denn ihre ganze Aufmerksamkeit galt Tarek, der ihren Körper nur durch seine Anwesenheit zum Prickeln brachte. Er strahlte eine ungeheure, erotische Energie aus.

Als Nathan ihn jedoch an den Schultern packte und herumdrehte, riss die mentale Verbindung ab. Kate bekam sofort eine Gänsehaut. Was war da eben passiert?

Sie griff nach dem Bettlaken, das sie sich hastig um den Körper wickelte, und lief auf die Tür zu. Sie musste hier raus, Hilfe holen, doch der Weg führte nur an Tarek vorbei, der gerade mit Nathan kämpfte. Von einem richtigen Kampf konnte allerdings nicht die Rede sein, denn Tarek hielt den zappelnden Nathan einfach nur an den Oberarmen fest und drückte ihn nach unten. »Auf die Knie mit dir, Nathaniel!«

Kate nutze die Gelegenheit, um sich an dem Vampir vorbeizuschleichen, aber der hatte sie schon bemerkt.

»Du bleibst hier!« Tarek streckte einen Arm aus und schleuderte Kate mit einem gezielten Schlag ins Gesicht gegen die nächste Wand, wo sie für einen kurzen Moment benommen liegen blieb. Nur langsam bahnte sich der pulsierende Schmerz an ihrer Wange einen Weg ins Gehirn.

Tareks teuflisches Lachen hallte durch den Raum. »Wo sind deine ausgezeichneten Instinkte geblieben, Nathaniel? Hast du meine Anwesenheit nicht gespürt? Oder lenkt dich deine Gespielin zu sehr ab.« Tarek warf Kate einen vernichtenden Blick zu. »Vielleicht sollte ich sie töten?«

»Nein!« Mit einem Aufschrei stürzte sich Nathan auf den blonden Mann, aber Tarek schubste Nathan gegen das Bettgestell. Dann fasste er Nathan unter den Achseln und hob ihn auf die Matratze, als ob er nur eine Puppe wäre.

Vom Boden aus betrachtete Kate das Schauspiel mit kaltem Entsetzen. Tarek war tatsächlich stark. Sehr stark sogar. Nathan besaß nicht die geringste Chance gegen ihn. Obwohl er sich verbissen wehrte, schaffte es Tarek mühelos, Nathans Hände an den zwei Handschellen zu befestigen, die am Bettgestell baumelten. »So liebe ich dich, mein Hübscher«, säuselte der Vampir und streichelte über Nathans Armmuskeln, die sich immer wieder anspannten. »Rebellisch wie eh und je, was, Nathaniel? Wie würde dir ein kleiner Ritt gefallen, so wie früher? Ich habe deine Schreie vermisst!«

»Nein!« Kate sprang auf, als sie die Furcht in Nathans Augen sah. Sie wollte nicht, dass er noch einmal durch die Hölle ging. »Nimm mich!«

»Kate!«, schrie Nathan. »Bist du wahnsinnig! Hau endlich ab!«

Aber da hielt Tarek schon das lederne Halsband in der Hand und zog Kate zu sich. Er bewegte sich so schnell, dass Kates Augen nicht hinterherkamen.

Beinahe liebevoll fuhr er mit dem Handrücken über ihre angeschwollene Wange, wo sie sein Schlag getroffen hatte. »Wenn ich vorher schon geahnt hätte, dass sie dein Liebchen ist, hätte ich sie nicht so terrorisiert, aber das Spiel hat mir einfach Spaß gemacht. Was für ein Zufall, wie klein die Welt doch ist, nicht wahr, Nathaniel?«

Er zog Kate noch näher und leckte über ihre Halsbeuge. »Hast du sie sehr gern, Nathaniel?«

»Lass die Finger von ihr!« Nathan tobte auf dem Bett, aber er schaffte es nicht, die Ketten der Handschellen zu zerreißen.

Kates Puls klopfte so laut in ihren Ohren, dass ihr das Denken schwerfiel, aber ihr musste etwas einfallen! Um Zeit zu gewinnen, fragte sie Tarek: »Wer hat dir verraten, dass ich eine Jägerin bin?«

»Verraten?« Tarek grinste sie boshaft an. »Tom hat es mir sehr bereitwillig erzählt. Er war zwar kein so fabelhafter Liebhaber wie Nathaniel, aber er hatte dennoch seine Qualitäten.«

»Tom?« Kate erstarrte. Noch immer sah sie, wenn sie nachts die Augen schloss, Toms Leiche, die mit abgetrenntem Kopf vor dem alten Wasserturm gelegen hatte. Warum hatte sich ihr Kollege gegen sie gestellt?

»Na ja, wer einmal unter meinem Bann steht, der tut alles für mich«, beantwortete Tarek ihre Frage, als hätte er ihre Gedanken erraten. »Nur bei Nathaniel hat das nie richtig funktioniert, aber das erhöhte den Reiz.«

Abermals leckte er über ihren Hals. Kate spürte, wie seine Fangzähne ihre Haut ritzten. Tareks Speichel versiegelten die Kratzer jedoch sofort wieder.

»Tom hat brav mitgespielt, bis zum Schluss, doch er wurde mir zu langweilig. Wie schade, aber dafür habe ich ja mein altes Spielzeug wiedergefunden!« Tarek grinste maliziös in Nathans Richtung, der sein Toben mittlerweile aufgegeben hatte. Dafür schenkte er Tarek einen Blick, der so voller Hass war, dass Kate ihren Freund kaum wiedererkannte.

Provokativ massierte Tarek Kates Brüste durch das Bettlaken, das sie immer noch an ihren Busen presste.

Nathan knurrte, seine Augen schienen sich zu verdunkeln. Mit einem Satz saß Tarek auf Nathans Schoß und leckte über seine Brustwarzen. »Vielleicht sollte ich tatsächlich erst mit *dir* spielen und dann mit deiner Süßen? Du hast mir gefehlt, Nathaniel.«

Als Tarek seine Lippen auf Nathans Hals presste, bäumte sich dieser auf. »Aber zuerst muss ich von dir kosten, denn ich habe deinen Geschmack so sehr vermisst.«

Die Geschehnisse vor Kates Augen schienen sich plötzlich wie in Zeitlupe abzuspielen. Sie verfolgte, am ganzen Körper zitternd, wie Tarek den Kopf in den Nacken warf und den

Mund weit öffnete. Seine Reißzähne wurden noch ein Stück länger. Begierig leckte sich der Vampir über die Lippen, bevor er sich hinunterbeugte, um Nathan seinen Kuss aufzudrücken. Kate sah genau, wie die funkelnden, rasiermesserscharfen Zähne in Nathans Hals glitten. Nathan schrie aus Leibeskräften und versuchte den Vampir von seinen Hüften zu schmeißen, während Tränen an seinen Wangen hinabliefen. Hilflos streckte Kate die Hand nach ihm aus, aber sie konnte sich kaum bewegen. Anscheinend hielt Tarek sie immer noch in seinem Bann.

Aber plötzlich änderte sich die Stimmung im Raum. Jetzt war es Tarek, der schrie. Fauchend riss er sich von Nathan los und sprang von ihm herunter. Der Vampir taumelte und fluchte – schließlich sank er auf die Knie. Er krümmte sich und hielt sich den Magen, als ob er etwas Verdorbenes gegessen hätte.

Kate spürte, wie der Bann von ihr abfiel. Was geschah hier? Sie lief sofort zu Nathan, um ihn von den Handschellen zu befreien. Blut drang noch durch die zwei kleinen Löcher an seinem Hals, aber die Wunde schloss sich langsam. »Nathan, geht's dir gut?«

Er nickte nur, ohne sie anzusehen. Kate kannte Nathan schon zu gut. Sie wusste, dass es furchtbar an seinem Ego kratzte, weil er Kate nicht beschützen konnte.

»Was hat er?«, fragte sie mit zitternder Stimme. Kate blickte erst Nathan mit großen Augen an, dann Tarek.

»Das Heilmittel«, sagten beide gleichzeitig.

Natürlich, Kate erinnerte sich, Nathan hatte es sich gespritzt, bevor sie in den Club gegangen waren. Die Antikörper in seinem Blut waren noch so frisch, dass sie nun Tareks Organismus angriffen.

Wenn sie daran dachte ... Oh Gott, es hätte auch Duncan treffen können! Aber da hatte Nathan das Heilmittel zum

Glück nur noch sehr selten genommen. Er war beinahe schon ein richtiger Mensch gewesen ...

Nathan hielt Kate an den Schultern fest und sah sie alarmiert an. »Wo sind meine Schuhe, Kate?«

Seine Schuhe? Was war denn nun in Nathan gefahren? »Sie liegen vor dem Bett.« Genau an der Stelle, wo Tarek sich immer noch vor Schmerzen wand, weil sich das Heilmittel durch seine Blutbahnen fraß.

»Du verfluchter Hurensohn, was hast du gemacht?« Tarek konnte kaum sprechen. Ständig versuchte er auf die Beine zu kommen, aber er brach immer wieder zusammen.

Nathan krabbelte zum Fußende des Bettes, angelte sich seinen Schuh und zog aus der Sohle einen kleinen Dolch heraus. Natürlich! Kate erinnerte sich wieder daran, als er ihn dort versteckt hatte.

»Jetzt werde ich dir ein für alle Mal den Garaus machen, mon ami!« Nathan stellte sich hinter Tarek und drückte die Klinge gegen seinen Hals.

Sofort drehte Kate den Kopf weg. Sie hörte erst gurgelnde Geräusche, dann ein Schaben und schließlich ein Knacken, als Nathan den Kopf des Vampirs von der Wirbelsäule abriss. Aus den Augenwinkeln sah sie, wie Nathan den abgetrennten Schädel am blonden Schopf gepackt hielt und mit seinem Arm ausholte. Er zielte genau auf das einzige Fenster, das nach Osten wies.

»Nathan! Nein!«

Zu spät. Der Kopf krachte durch die schwarz getünchte Scheibe und das Glas zerbarst in tausend Teile. Das gleißende Licht der Morgensonne strömte ungebremst herein und fiel genau auf Tareks lebloser Körper, aber auch auf Nathan. Sofort zerfiel der Körper des Vampirs zu einem Häuflein Asche, während sich Nathan die Hände vor die Augen hielt und zu Boden ging.

»Nathan!« Kate sprang vom Bett, das Laken in der Hand, um es über seinem nackten Körper auszubreiten. Aber die Sonnenstrahlen hatten ihn bereits voll erwischt. Zuckend und stöhnend wand sich Nathan unter dem Tuch, während er versuchte, hinter das Bett zu kriechen, um den Strahlen zu entkommen.

»Nathan, bitte nicht!« Kate zog noch ein Laken vom Bett und warf es auf ihn. Das konnte doch jetzt nicht das Ende sein, nicht jetzt, wo Tarek vernichtet und sie, Kate, wieder in Sicherheit war! Nein, das Schicksal durfte nicht so grausam sein! Sie krabbelte zu Nathan unter die Laken und machte sich auf den Geruch und den Anblick von verbrannter Haut gefasst, aber alles, was sie an Nathan bemerkte, war eine zarte Rötung, so, als hätte er einen leichten Sonnenbrand. Nach und nach verschwand sie wie von Geisterhand.

»Wie ist das möglich? Deine Verwandlung kann in der kurzen Zeit doch nicht so weit fortgeschritten sein?«, fragte Kate und strich Nathan vorsichtig übers Gesicht.

»Ich weiß es nicht.« Nathan griff nach ihrer Hand. »Aber es ist mir auch egal.« Langsam kam sein wölfisches Grinsen zum Vorschein, das Kate so sehr an ihm liebte. Dies bedeutete meistens, dass Nathan etwas aussheckte.

Er warf die Laken ab, stand auf und zog Kate in seine Arme. Nackt und eng umschlungen standen sie im Zimmer und beobachteten die hereinfallenden Sonnenstrahlen, die sich in dem zerbrochenen Glas brachen und ein Glitzern über die schwarzen Wände schickten.

»Halt dich fest«, raunte er Kate zu. Sie spürte ein Reißen – und schon standen sie in der anderen Zimmerecke. Dort legte

Nathan den Kopf in den Nacken und fuhr die Fangzähne aus.

»Das ist seltsam«, sagte er verwundert. »Ich besitze noch fast alle Fähigkeiten eines Vampirs, aber ich verspüre keine Lust mehr auf Blut und die Sonne bringt mich auch nicht um.«

Kate erschauderte innerlich. Wenn das Heilmittel dafür verantwortlich war ... Es könnte eine völlig neue Rasse hervorbringen, eine Art Hybride aus Mensch und Vampir. Sie sollten dafür sorgen, dass das nicht bekannt wurde und das Heilmittel nicht in die falschen Hände geriet. Vielleicht hatten sie beide jetzt eine neue Aufgabe? Aber zuerst wollte Kate die Aufregung der letzten Zeit hinter sich lassen.

Nathan schlüpfte in seine Schuhe und zog ein Bettlaken über sie beide, bevor er mit Kate auf den Armen über die Glasscherben aus dem Fenster stieg und auf seinen Van zurannte.

»Ob wir jetzt im ›Nightcrawlers‹ Hausverbot haben?« Kate grinste, als sie sich im Auto ihre normale Kleidung anzogen.

»Das ist mir egal«, erwiderte Nathan, aber dann stahl sich ein Funkeln in seine Augen. »Du denkst doch nicht etwa an Cameo?«

»Macht er auch Hausbesuche?«, fragte Kate unschuldig, worauf Nathan mit einem Kopfkissen nach ihr schlug.

»Das war doch nur Spaß!« Sofort fiel sie Nathan um den Hals und drückte ihn auf die Matratze. »Ich bin so froh, dass der Spuk vorbei ist. Ich hatte solche Angst um dich, Nathan!«

Als er nichts erwiderte, sondern sie nur stürmisch küsste, murmelte sie: »Komm«, und fuhr ihm durch sein schwarzes Haar, »lass uns ein wenig in London shoppen gehen und dir einen richtig guten Sunblocker kaufen.« Jetzt würde sie endlich das Leben mit Nathan anfangen, von dem sie schon so lange geträumt hatte!

»Vergiss die Donuts nicht!«, erwiderte er und drückte sie fester in die Matratze ...

»Piratenlady No. 2«
Die Internet-Story

Mit dem Gutschein-Code
LP3TBPSVR
erhalten Sie auf
www.blue-panther-books.de
diese exklusive Zusatzgeschichte als PDF.
Registrieren Sie sich einfach online oder
schicken Sie uns die beiliegende
Postkarte ausgefüllt zurück!

WILDE GIER

Mit heftig schlagendem Puls betrat Dr. Amber Simmons das kleine Krankenzimmer auf der Isolierstation. Das Basis-Center, in dem sie sich befand, war ein Hochsicherheitstrakt, der mit den modernsten medizinischen Apparaten und Forschungslaboratorien ausgerüstet war und weit abseits der Zivilisation in den dichten Wäldern Kanadas lag – viele Meter unter dem tonnenschweren Fels der Appalachen. Menschen mit besonderen genetischen Mutationen wurden mehrmals im Jahr aus aller Welt eingeflogen – lebendig verlassen würden sie diesen Komplex nie mehr.

Ambers Herz verkrampfte sich, als sie den nackten, bewusstlosen Mann vor sich sah, der am vorherigen Tag eingeliefert worden war und den ihre Kollegen auf eine Liege geschnallt hatten wie ein Versuchstier. Er hieß Patient 3795XY, aber Amber kannte den groß gewachsenen Kanadier unter dem Namen Luke Corbett.

Ganz nah trat sie an sein Bett heran, um sich seine Verletzungen zu betrachten. Ihre Kollegen hatten ihn bestialisch gequält, Elektroschocks und Schläge eingesetzt, bis sich Luke in ein fängefletschendes Monster verwandelt hatte. Nur in diesem Zustand schüttete der Körper besondere Hormone und bestimmte Eiweißverbindungen aus, die die Wissenschaftler für Forschungszwecke brauchten. Auch wenn Luke zur Rasse der

Formwandler gehörte, war er doch immer noch ein Mensch. Rein äußerlich konnte Amber keine Anzeichen entdecken, dass er ein Mutant der Klasse 1 war: ein Homo sapiens-mutans, der seine Gestalt verändern konnte, während Mutanten der Klasse 2 PSI-Fähigkeiten besaßen, wie Telekinese oder Telepathie, und Mutanten der Klasse 3 beide Eigenschaften vereinten. Diese waren die begehrtesten Objekte. Bei dem Gedanken daran erschauderte Amber.

Sie zog ein Taschentuch aus ihrem weißen Kittel, mit dem sie Luke eine Blutspur vom Mundwinkel wischte. Dabei glitt sie mit den Fingerspitzen über seine Wangen. *Halte durch!*, sendete sie ihm mental.

Neben Lukes Augenwinkeln erkannte Amber die getrockneten Spuren seines Leidens. Sie versuchte, die dünne, salzige Kruste mit dem Daumen wegzureiben, aber es war, als hätten sich seine Tränen in die Haut geätzt. *Es tut mir so leid ...* Ihr Magen verkrampfte sich. Wie lange würde sie diesen Job noch machen können? Niemals zuvor war er ihr so schwergefallen wie heute.

Ihr Blick wanderte von Lukes Gesicht über den bartschattigen Hals mit dem ausgeprägten Kehlkopf weiter nach unten und blieb an der leicht behaarten Brust sowie dem flachen Bauch hängen. Hier fielen Amber die kreisförmigen Abdrücke der Elektroschock-Pads auf, die sich in Lukes Haut gebrannt hatten. Allerdings verblassten sie bereits, denn die meisten Mutanten besaßen außergewöhnliche Regenerationskräfte.

Amber konnte nicht umhin, ihren Blick noch tiefer zu richten, auf Lukes muskulöse, aber athletische Oberschenkel und das nackte Stück Fleisch dazwischen, das wie eine dicke Schlange in einem Nest aus krausen Haaren lag.

Seufzend schloss Amber kurz die Augen und schüttelte den

Kopf. Wenn Luke Corbett ein ganz normaler Mann gewesen wäre ...

Sie nahm Lukes schlaffe Hand, berührte die leicht rauen Handflächen und betrachtete die Härchen, die auf dem Handrücken wuchsen. Luke besaß elegante Finger, wie die eines Pianisten, überlegte sie, während sie den Puls am Gelenk ertastete. Schwach, aber gleichmäßig, pochte er gegen ihre Finger. Amber unterdrückte das taube Gefühl in ihrem Herzen. Es war das erste Mal, dass sie einen Patienten persönlich kannte. Nein, sie kannte diesen Mann nicht nur, sie beide hatten sogar ein sehr kurzes Verhältnis miteinander gehabt, bis Luke sie gefragt hatte, was sie beruflich machte. Als Amber ihm offenbarte, sie wäre Ärztin, hatte sie gespürt, wie er sich von ihr zurückgezogen und sich nie wieder bei ihr gemeldet hatte. Das war nun drei Wochen her. Jetzt wusste sie auch, warum er den Kontakt abgebrochen hatte. In den letzten Jahren mussten sich alle Menschen regelmäßigen Gesundheits-Checks unterziehen. Mutanten konnten dadurch sofort aufgespürt werden. Sie besaßen weniger Rechte, durften viele Berufe nicht ausüben, nicht wählen und sollten wenn möglich auch keine Kinder in die Welt setzen ... Diese besonderen Menschen hatten natürlich eine Aversion gegen Ärzte und Politiker entwickelt, wer konnte es ihnen verdenken.

Vorsichtig strich Amber dem Bewusstlosen das dunkelbraune Haar aus der Stirn. Luke war ein schöner Mann mit gleichmäßigen Gesichtszügen und wundervoll geschwungenen Lippen. Amber erinnerte sich noch gut an die sanften, fast zögerlichen Berührungen seines Mundes, als hätte er nicht viel Erfahrung mit dem Küssen gehabt. Am liebsten hätte sie sich jetzt zu ihm hinabgebeugt, um ihre Lippen auf die seinen zu legen und zu testen, ob er immer noch dasselbe Aftershave benutzte, das so gut roch.

Amber sah nun auch wieder seine smaragdgrünen Augen vor sich. Diese leuchtenden Iriskreise waren es gewesen, die sie vom ersten Blickkontakt in ihren Bann gezogen hatten. Luke hatte im Great-Smoky-Mountains-Nationalpark in einem Café im Besucherzentrum gearbeitet. Dort machte Amber auf ihrem Weg zum geheimen Forschungskomplex des Öfteren halt. Als Luke ihr einen Tee an den Tisch gebracht hatte, waren sie ins Gespräch gekommen ...

»Brauchen Sie noch etwas, Dr. Simmons?«, ertönte plötzlich die barsche Stimme ihres Kollegen hinter Amber.

Unauffällig zog sie die Hand zurück. »Nein, Dr. Suresh, vielen Dank.«

»Und wie stehen die Chancen?«

»Nicht gut«, log sie. »Er ist sehr geschwächt. Das Aufbaupräparat und das Epinephrin zeigen bei ihm keine Wirkung mehr.« Sie drehte sich um und sah dem Inder tief in die dunkelbraunen Augen. *Er wird sterben. Patient 3795XY ist uns nicht mehr von Nutzen. Sie können mich nun allein lassen*, schickte sie ihm ihre Gedanken und manipulierte das Unterbewusstsein, ohne dass der Arzt davon etwas mitbekam. Dann griff sie nach einer Spritze.

Dr. Suresh nickte systematisch und verließ das kleine Zimmer. Aufatmend drehte sich Amber wieder zu Luke um und setzte die Nadel an seiner Armbeuge an. Sie musste ihm dieses Mittel injizieren ...

***

Eine Stunde später schob Amber die rollbare Liege durch die kahlen Korridore des Hochsicherheitstraktes. Lukes Körper war vollständig bedeckt mit einem weißen Tuch, nur sein großer Zeh schaute unter dem Laken hervor. An ihm hing der Zettel, auf dem seine Patientennummer stand und was mit ihm zu geschehen hatte.

Ambers Ziel war das Krematorium noch tiefer im Berg, wo die Leichen verbrannt wurden, bevor ihre Asche in den unterirdischen Fluss gestreut wurde, um alle Spuren zu vernichten.

Ihr Herz pulste wild, als sie den Bestattungsraum betrat, der kuppelförmig in den rohen Fels geschlagen worden war, doch anstatt Luke in den brennenden Ofen zu schieben, rollte sie eine große Plastiktonne zur Liege, in der normalerweise die Teile entsorgt wurden, die nicht verbrannten. Diese Tonnen ließen sich luftdicht versiegeln und wurden in den Appalachen eingelagert wie Atommüll. Aber Amber würde diese Tonne in den Höhlenfluss werfen, der nach wenigen Kilometern aus dem Berg trat.

Sie atmete tief durch und vergewisserte sich noch einmal, dass der Raum verschlossen war, dann machte sie sich daran, Luke von der Liege zu zerren ...

***

Amber zitterte am ganzen Körper. Sie hatte es getan!

Es war das erste Mal, dass sie einen Patienten nicht ans Bett gurtete, bevor er erwachte. Luke war noch geschwächt, sie könnte mit ihm fertig werden.

Hoffte sie.

Nachdem sie die Krankenschwester aus dem Zimmer geschickt und hinter ihr abgesperrt hatte, machte Amber sich bereit.

Unruhig wälzte sich der große Mann hin und her, wobei er ständig die Zudecke wegstrampelte. Sein nervöser Zustand kam von den Nachwirkungen der Tests und der Spritze, die Amber ihm verabreicht hatte, um seinen Tod vorzutäuschen.

Als das Laken zu Boden rutschte, hielt Amber für einen Moment die Luft an. Luke hatte bereits eine Erektion, obwohl er noch nicht ganz bei Bewusstsein war! Sie erkannte dies an seinem dünnen Nachthemd, das an einer gewissen Stelle mächtig aufgespannt wurde. Das bedeutete, sein Testosteronspiegel war übermäßig hoch, denn die Spritze wirkte auf Gestaltwandler wie ein sehr starkes Aphrodisiakum.

Plötzlich überlegte es sich Amber anders. Sie eilte an Lukes Bett und suchte alle Haltegurte zusammen, bevor sie den ersten um sein Handgelenk befestigte. Amber hatte ihn eigentlich nicht fixieren wollen, weil die Panik dadurch anstieg und das die verängstigten Patienten noch aggressiver machte. Sie wollte Luke das nicht antun, aber wenn sie seinen Körper betrachtete: Lukes Brustmuskeln und Oberarme schwollen bereits an und seine Eckzähne verlängerten sich zu gefährlichen Fängen ... Er war dabei, sich zu verwandeln!

Seine Lider öffneten sich flatternd, als Amber es gerade erst geschafft hatte, einen Arm festzubinden. Der Ledergurt saß bombenfest, also eilte sie um das Bett herum zur anderen Seite. Als sie seinen linken Arm festschnallen wollte, schoss dieser hervor und Luke packte sie am Handgelenk. Er knurrte leise, seine Nasenflügel blähten sich. Er konnte ihre Unsicherheit gewiss riechen!

Und Luke hatte Angst. Große Angst. Hektisch blickte er sich im Raum um, ohne Amber loszulassen. Wie eine Stahlmanschette hatten sich seine Finger um ihr Gelenk geschlossen, aus der es kein Entkommen gab. Da sie sich in einem ehemaligen Krankenhaus befanden, würde Luke annehmen, er wäre immer noch seinen Peinigern ausgeliefert. Er atmete noch schneller.

Ganz ruhig, Luke, du bist hier in Sicherheit. Es wird dir nichts mehr geschehen!, versuchte Amber ihn zu beruhigen, indem sie ihm ihre Gedanken übermittelte. *Es ist vorbei, du bist frei. Du spürst nur noch die Nachwirkungen der ... Behandlungen.* Sie

154

brachte das Wort »Folter« einfach nicht heraus, denn nichts anderes waren die grausamen Tests für ihn gewesen.

Mit aufgerissenen Augen starrte Luke sie nun an, offensichtlich verwundert, dass sie zu ihm gesprochen hatte, ohne den Mund zu öffnen.

»Wir sind gar nicht so verschieden, Luke«, erklärte sie laut. »Weißt du noch, wer ich bin? Kannst du dich erinnern? Ich bin es, Amber!«

Tatsächlich funkelte so etwas wie Erkennen in seinen Augen auf, deren Pupillen sich zu Schlitzen verengt hatten. Lukes Bewusstsein kam langsam an die Oberfläche. Leider hatten Ambers Worte das genaue Gegenteil bewirkt. Anstatt sich zu beruhigen, stieß er einen brüllenden Schrei aus und zerrte hart an dem Gurt, der so leicht auseinanderriss wie feinste Seide. Dann sprang Luke mit einem Satz vom Bett, wobei er Amber mit sich zog.

Verdammt, sie hätte ihm ein Beruhigungsmittel geben sollen, Luke war total außer sich! Was Amber aber nicht wunderte, nach allem, was ihre Kollegen ihm angetan hatten. Leider war sie nicht fähig, die Mutanten zu befreien, bevor sie sich den grausamen Behandlungen unterziehen mussten, denn dann wäre Amber sofort aufgeflogen und sie hätte kein weiteres Leben mehr retten können. Also musste sie jedes Mal abwarten, bis sie ihnen die Todesspritze geben durfte ...

»Amberrrr«, knurrte er plötzlich und sah sie an. Trotz seiner Wildheit kräuselten sich Lukes Lippen zu einem sexy Lächeln, das Ambers Puls zusätzlich in die Höhe trieb. Er hatte sie also erkannt!

Luke griff sich an den Kragen, um sich mit einem Ruck den Stoff vom Leib zu reißen. Amber wusste, dass sich die Kleidung auf seiner Haut in diesem Stadium der Verwandlung sehr unangenehm anfühlte und ihn einengte. Denn Luke wurde im Moment nur von seinen Empfindungen gesteuert, aber als er sie plötzlich gegen seinen heißen Körper zog, war sie davon nicht mehr so überzeugt. Unter seinen Trieben loderte echtes Verlangen.

Er leckte über ihre Wange – wobei er leicht in die Knie gehen musste, da er groß gewachsen war –, und diese animalische Geste war so erotisch für Amber, dass ihr Unterleib sofort zu pochen begann. Unaufhörlich rieb Luke sein zuckendes, steinhartes Geschlecht an ihrer Scham, während er Ambers Arm hinter ihrem Rücken in seinem unnachgiebigen Griff gefangen hielt.

Schwer atmend blickte sie ihn an. In seinen geschlitzten Pupillen lag nichts als dunkles, männliches Begehren. Luke würde in Amber nur ein Weibchen sehen. Ein paarungsbereites Weibchen, denn er konnte riechen, dass sie ihn wollte. Und wie sie ihn wollte! Aber durfte sie diese Situation ausnutzen? Sie war Ärztin, verdammt! Luke stand unter dem Einfluss von Medikamenten, auch wenn Amber spürte, dass da mehr zwischen ihnen war ...

»Du bist eine von ihnen.« Seine Stimme drang rau aus seiner Kehle. »Ich hätte mich nie auf dich einlassen sollen!« Hart drückte seine Erektion gegen ihre Mitte.

Ein wohliger Schauder überlief Amber. Sie konnte nicht umhin, ihre freie Hand über seine geschwollene Brust und die zusammengezogenen Nippel gleiten zu lassen, während sie vorsichtig ihre Hüfte bewegte. »Ich habe nicht gewusst, was du bist, Luke. Ich war ebenso überrascht, dich wiederzusehen!«

»Das soll ich dir glauben?« Sein Raubtierblick strahlte eine unglaubliche Hitze aus und schien ihren Körper zu verbrennen. Amber bewunderte Lukes Standhaftigkeit – nein, nicht die seiner Lenden –, denn jeder andere Gestaltwandler in seinem Zustand wäre schon über sie hergefallen, hätte sie zu Boden geschubst, ihre Schenkel auseinandergerissen ...

Sie durfte nicht solche Gedanken haben! Sie musste sich disziplinieren, die Situation unter Kontrolle bringen! Aber tief in ihrem Innern wusste sie, dass es dafür längst zu spät war. Luke wäre auch der einzige Mann in ihrem Leben, der sie auf diese Art nehmen dürfte, noch dazu verwandelt, unbeherrscht ... animalisch. Wie sehr sich Amber im Laufe ihrer kurzen Beziehung immer gewünscht hatte, er würde mehr Einsatz zeigen ...

Als könnte Luke ihre Gedanken lesen, ließ er ihren Arm los, doch anstatt sie in Ruhe zu lassen, begann er, ihren Kittel vom Körper zu zerren.

Ohne Gegenwehr ließ Amber sich von ihm ausziehen: ihre Bluse, ihre Schuhe, die Jeans ... bis sie nackt wie am Tag ihrer Geburt vor ihm stand.

Ein grollender Laut löste sich aus Lukes Kehle, als er Amber von oben bis unten musterte. Sein dunkelbraunes Haar stand wirr in alle Richtungen und gab ihm das Aussehen eines Löwen. Trotz seiner Wildheit, wirkte dieser Mann auf sie unendlich sexy. Die breiten Schultern, das schwellende Fleisch seiner Muskeln ... seine Erektion.

Amber schluckte. Sie war gewaltig. Hart erhob sich sein Penis von Lukes Lenden und zuckte. Die Spitze hatte sich aus der Vorhaut geschält und glänzte in einem dunklen Rosa, so prall war sie bereits mit Blut gefüllt.

Aber alles an Luke war gewaltig. Amber hätte nie eine Chance gegen ihn. Zum Glück waren die meisten Formwandler ansonsten nicht gefährlicher als andere Menschen, das machte nur das Medikament.

Beinahe glaubte sie, er würde sich langsam beruhigen, weil er einfach nur vor ihr stand und sie anschaute, aber da hatte sie sich geirrt. Sie erkannte es an seinem Blick, wie er sie – sein Opfer – fixierte. Als wollte er seine Beute begutachten.

»Ich habe dich da rausgeholt, Luke. Du bist jetzt in Sicherheit«, unternahm sie einen weiteren Versuch, ihn zu beschwichtigen. »Deine Wunden sind verheilt und du wirst keine Schäden zurückbehalten.« Keine körperlichen, dachte sie schweren Herzens, denn wer konnte schon solch ein Grauen vergessen?

»Du bist Ärztin und du weißt jetzt, was ich bin. Wie soll ich da sicher sein?«, grollte Luke.

»Du musst mir vertrauen. Verlasse dich auf deine Instinkte und du wirst bemerken, dass ich die Wahrheit sage. Ich will dir helfen!«

Seine Nasenflügel blähten sich. »Meine Instinkte sagen mir, dass ich dich nehmen muss, jetzt, auf der Stelle!« Mit einem Satz war er bei ihr und schlug seine Zähne in ihren Nacken, doch er biss nicht so fest zu, dass er ihr wehtat – nein, es war vielmehr eine Geste der Unterwerfung, um Amber zu zeigen, dass sie nun ihm gehörte und er mit ihr machen durfte, was er wollte.

Unentwegt drängte Luke sie zurück, bis er Amber mit seinem Brustkorb gegen die Wand presste, wobei er immer noch seine Zähne in sie geschlagen hatte.

Luke führte sich auf wie ein Rudelführer! Aber das waren die animalischen Gene in ihm, es war wie ein Trieb!

Der verwandelte Luke war so ganz anders als der sanfte, ruhige Mann, den Amber kennengelernt hatte. Es schien so, als würde er all seiner Gier, all seiner Lust, die er über viele Jahre hinweg unterdrückt hatte, nun freien Lauf lassen wollen. Amber sollte ihm lieber Herr werden, denn Luke brauchte sich nicht einbilden, hier das Alpha-Tier raushängen zu lassen. Sie war eine emanzipierte Frau!

Amber schloss die Augen und versuchte sich auf ihren eigenen Körper zu konzentrieren, was nicht einfach war, wenn man von einem absolut heißen – noch dazu nackten! – Kerl in die Ecke gedrängt wurde. Aber ihre Aufregung und vor allem ihre Erregung halfen ihr bei der Verwandlung. Es schmerzte leicht, als sich ihre Eckzähne weiter aus dem Kiefer schoben und ihre Muskeln anschwollen.

Ein grollender Laut aus Lukes Kehle zeigte seine Überraschung. Er löste seinen Mund von ihrem Hals und starrte sie an, wobei er sie jedoch immer noch gegen die Wand drückte.

»Ja, ich bin wie du, Luke«, sagte Amber und bewegte wieder ihre Hüften. Sein Schaft rieb über ihr empfindliches Fleisch und brachte die Lust in ihr zum Kochen. Ihre Feuchtigkeit benetzte ihn. Amber roch ihre Lust und wusste, dass der Duft auch in Lukes empfindliche Nase drang und ihn schier wahnsinnig machte vor Begierde.

Eine Weile betrachtete er sie noch mit aufgerissenen Augen, dann spreizte er mit seinen Füßen ihre Beine und hielt sie mit seinen Schenkeln auseinander, bevor er in sie stieß.

Amber entwich ein kehliger Laut. Auch Luke knurrte, während er seine Handflächen neben ihrem Kopf gegen die kühle Wand presste und Amber mit pumpenden Bewegungen seines Beckens nahm. Dann hob Luke sie an ihrem Po hoch, sodass sich ihre Beine weiter öffneten und er noch tiefer kam. Mit jedem Hieb presste sich ihr Rücken gegen die Wand, aber die spürte Amber kaum. All ihre Sinne waren auf Luke fixiert, der in seiner Wildheit unglaublich erregend und sexy auf sie wirkte. Niemals zuvor hatte Amber Sex im verwandelten Zustand gehabt, doch es war eine gewaltige Erfahrung! Ihre geschärfte Wahrnehmung ließ sie alles viel intensiver erleben: Jetzt konnte auch Amber riechen, wie sehr er sie wollte. Unter dem Geruch nach Desinfektionsmitteln nahm sie einen Hauch seines Aftershaves wahr, Lukes eigenes, männliches Aroma und seine Pheromone.

Als Luke schließlich seine Lippen auf ihren Mund drückte, überschlug sich Ambers Herz beinahe. Dabei stieß er weiterhin hart und ohne Rücksicht in sie, wie es schien, aber seine Lust in der Kombination mit dem Wirkstoff, brachten Lukes ureigenste animalischen Triebe zum Vorschein, derer er sich kaum erwehren konnte.

»Jetzt gehörst du mir«, sagte Luke mit dunkler Stimme und kennzeichnete sie wieder mit seinem Duft, denn er zog mit seiner Zungenspitze eine feuchte Spur über ihren Hals, was Ambers Körper zum Zittern brachte.

»Ich werde dich mit meiner Lust füllen und dich zu der meinen machen, Amber«, grollte er. »Dich markieren, dir zeigen, dass du mir gehörst.«

Amber fauchte. Sie gehörte nicht zur Rasse der devoten Weibchen und sie wollte Luke beweisen, dass sie nicht schwach und wehrlos war, obwohl sie seine Worte ungemein erregten. Jetzt, in ihrem verwandelten Zustand, war sie beinahe so stark wie er. Ruckartig stieß sie sich von der Wand ab, was Luke zum Taumeln brachte. Er machte einige wackelige Schritte rückwärts, und Amber klammerte sich an ihm fest wie ein Äffchen, bis Luke mit dem Gesäß gegen eine Tischkante stieß. Auf dem Möbelstück lag noch das Klemmbrett mit Lukes Akte, aber das fegte er mit einem Wisch zur Seite, bevor er rücklings auf das Holz fiel, Amber obenauf.

Sofort umfasste sie Lukes Handgelenke, um seine Arme auf den Tisch zu drücken. Kurz bäumte sich der große Mann unter ihr auf, bevor sein Widerstand nachließ, weil er offenbar bemerkte, dass Amber ihr Liebesspiel weiterführte. Gemächlich ritt sie auf seiner Erektion, entließ sie manchmal fast ganz aus ihrer Spalte und setzte sich dann wieder genüsslich auf seinen Schoß. Sie quälte ihn, indem sie Luke beinahe kommen ließ und dann wieder innehielt, und sie genoss es. Dabei rieb sie sich an seinem Schaft und dem Schamhaar, bis ihr Kitzler kribbelte und pochte.

Luke warf knurrend den Kopf zurück. Seine verlängerten Eckzähne wirkten bedrohlich und die geschlitzten Pupillen hätten jedem Menschen das Fürchten gelehrt, nur nicht Amber. Sie weidete sich an Lukes wilder Seite und seiner unersättlichen Gier. Ständig versuchte er, durch Bewegungen seines Unterleibs den Höhepunkt herbeizuführen, und Amber spürte, sie konnte ihn nicht mehr lange aufhalten. Auch sie selbst hatte sich schon so hoch gebracht, dass sie Lukes Drängen endlich nachgab und ihn heftiger ritt. Einen Arm stützte sie dabei hinter ihrem Körper an seinem Oberschenkel ab und öffnete die Beine weit, mit der anderen Hand verschaffte sich Amber selbst Befriedigung, indem sie ihren Kitzler stark rieb.

Luke hatte sie losgelassen und sich auf seine Ellbogen gestützt, um Amber besser sehen zu können. Er starrte auf ihre gespreizte Spalte und sog hörbar den Geruch nach Sex in sich auf. Aber dann stieß er ihre Hand weg, um ihre geschwollenen Falten selbst zu verwöhnen.

Amber durchliefen weitere Lustschauer, als Luke ihre empfindlichste Stelle berührte. Zwischen Daumen und Zeigefinger zwirbelte er die Knospe, dann zupfte er daran. Schließlich hielt sie es kaum noch aus und nahm ihre Finger wieder dazu, mit denen sie in den weichen Schamhügel griff, um ihn nach oben zu ziehen. Dadurch trat ihre Klitoris aus der schützenden Vorhaut und Luke presste den Daumen darauf. Er ließ ihn kreisen und brachte Amber an den Rand der Beherrschung. Sie ritt Luke härter, weil sie spürte, dass auch er gleich so weit war, denn er stieß knurrend ihren Namen durch seine zusammengebissenen Zähne. Ein Schweißtropfen hinterließ eine feuchte Spur, als er an Lukes Hals hinunterlief, über seine angeschwollenen Brustmuskeln und den flachen Bauch. Wie wunderschön er war, so begehrenswert.

Luke hechelte – schließlich keuchte er auf.

Unter der plötzlichen Wucht seines Ergusses fand sie selbst Erfüllung, während Luke seinen Höhepunkt aus sich heraus-brüllte. Wild, animalisch.

Ihre Scheidenwände zogen sich rhythmisch um seine Härte und stimulierten sie somit zusätzlich, was Luke zu gefallen schien, denn sein Körper verkrampfte sich und er bog den Rücken durch. Dann verharrte er beinahe reglos, nur sein Bauch bewegte sich hektisch.

Während sich ihr rasender Puls beruhigte, spürte Amber, wie sich ihre Eckzähne zurück in den Kiefer schoben und die Spannung in ihren Muskeln nachgab. Lukes Penis, der noch immer in ihr steckte, verlor an Härte, und Amber hob ihr Becken an, um ihn herausgleiten zu lassen.

Schwer atmend ließ sich Luke zurück auf den Tisch fallen und legte einen Arm über seine Augen. Amber wusste, dass sie nun beide wieder normal aussahen. Auch das Medikament, das Lukes Verwandlung und seine Gier ausgelöst hatte, war nun weitgehend abgebaut.

»Shit!«, fluchte er.

»Hey ...« Sie beugte sich über ihn, um ihm das verschwitzte Haar aus der Stirn zu streichen. »Alles ist okay.«

»Nichts ist okay!« Abrupt setzte er sich auf. »Ich habe dich gerade verge...«

»Nein!« Sie stoppte ihn, indem sie ihm einen Finger auf die Lippen legte. »Ich habe genau gewusst, was passieren würde. Das Mittel, das dir injiziert wurde, unterdrückt die normalen Gene und lässt deinen Hormonspiegel rapide ansteigen. Normalerweise binde ich meine Patienten deshalb immer ans Bett, bis die Wirkung nachlässt.«

Luke starrte sie an. »Warum hast du mich nicht ...« Aber da schien er zu begreifen. »Du wolltest es?«

Ambers Wangen brannten. »Tut mir leid, ich habe die Situation ausgenutzt. Ich habe absolut unprofessionell gehandelt, das dürfte mir als Ärztin nicht passieren.«

»Pst.« Diesmal legte er ihr einen Finger an die Lippen. Beide wussten, was sie füreinander empfanden, ohne es auszusprechen, und Ambers Herz raste noch immer. Wie gern wünschte sie sich für Luke und sie ein Happy End, aber das war im Moment nicht möglich.

»Wie geht es jetzt weiter? Was passiert mit mir?«, fragte Luke, der mit zitternden Knien zum Bett ging, gestützt von Amber. Es war offensichtlich, dass ihm seine Wildheit die letzten Kraftreserven gekostet hatte.

»Zuerst ruhst du dich aus.« Sie half ihm ins Bett und deckte ihn zu, bevor sie sich zu ihm an die Bettkante setzte. »Du wirst das Land verlassen müssen. Ich habe schon alle nötigen Papiere hier. Offiziell bist du ... nicht mehr am Leben. Also wird dich keiner suchen.«

Luke sah auf seine Hände, die er in den Laken vergraben hatte. »Du sagst das so, als hättest du das schon unzählige Male getan.«

Sie nickte seufzend und starrte ins Leere.

»Ich muss alles hier aufgeben? Mein Leben, meinen Job, meine Freunde ... dich?«

Abrupt schaute sie zu ihm auf.

»Werden wir uns jemals wiedersehen?«, fragte er leise.

Amber blickte ihn lange an, bevor sie antwortete: »Vielleicht. Aber es gibt hier noch so viel für mich zu tun.« Sie hatte es sich zur Aufgabe gemacht, anderen ihrer Art zu helfen; ihr eigenes Leben hatte sie hintenangestellt. Amber gehörte einer geheimen Organisation an, die Mutanten nach Europa brachte, wo die Gesetze strenger waren und die Formwandler unter Schutz standen wie eine bedrohte Tierrasse. Dort konnten sie in Frieden mit einer neuen Identität als ganz normale Menschen leben. Niemand würde sie finden.

»Vielleicht, Luke«, wiederholte sie noch einmal und suchte unter der Decke nach seiner Hand, denn sie wünschte es sich so sehr ...

PIRATENLADY

»Sir, wir haben hier einen äußerst interessanten Fang für Euch!«, sagte der Erste Offizier der »Starfish« grinsend, als er Mary in den Salon zerrte und vor die Füße des Captains schubste.

»Geht man so mit einer Dame um?«, beschwerte sich Mary und kam sofort wieder auf die Beine, was ihr nicht schwerfiel, obwohl ihre Handgelenke hinter dem Rücken gefesselt waren und das Schiff leicht schwankte. In ihren Ohren rauschte das Blut, aber mehr aus Zorn denn Furcht. Sie warf dem Ersten Offizier, einem jüngeren, aber äußerst stämmigen Mann mit einem blonden Zopf, einen bösen Blick zu, bevor sie den Captain ansah.

Ihr Herz setzte einen Takt aus. Zuerst aus Dankbarkeit, dass der hochgewachsene Mann nicht der Britischen Marine angehörte – denn er trug keine Uniform –, sondern anscheinend ein normaler Handelskapitän war, doch als sie ihn genauer betrachtete, schlug es doppelt so schnell. Seine gut geformten Oberschenkel, die in Kniebundhosen steckten, erregten zuerst ihre Aufmerksamkeit, dann der breite Oberkörper, den ein helles Hemd bedeckte. Es stand am Hals offen, und ein paar schwarze Brusthaare lugten hervor ... Aber am meisten fesselte sie das ansehnliche, markante Gesicht des Captains. Ob der dunklen Strähnen, die ihm tief in die Stirn fielen, strahlte er etwas Verwegenes aus, und ein goldener Ohrring unterstrich diesen Eindruck noch. So ein attraktiver Kerl war ihr schon lange nicht mehr vor die Augen gekommen!

Da er so groß war, musste er leicht gebückt gehen, um sich den Kopf nicht an den niedrigen Deckenbalken zu stoßen. Und als er seinen Ersten Offizier fragte: »Mr Stephens – wer ist diese Frau?«, beugte er sich noch ein Stück zu Mary hinunter. Dunkelbraune Augen musterten sie eindringlich. Die Iriskreise besaßen Sprenkel, was den Captain für sie nur noch interessanter machte. Sie konnte kaum wegschauen. Außerdem roch sie nun seine Rasierseife: ein angenehmes Aroma, frisch und herb.

Stephens erklärte: »Sie lief vor uns weg, als sie unseren Zahlmeister beklauen wollte. Wir dachten erst, es handle sich um einen Jungen, so wie sie angezogen ist, denn sie hatte ihr Haar unter einem Hut versteckt. Also haben wir sie verfolgt und sind uns ziemlich sicher, dass sie Mary Bones ist, Sir.«

Die Brauen des Captains hoben sich. »Die Piratenlady?«

»Aye. Wir haben sie auf frischer Tat geschnappt, als sie gerade ihr Diebesgut verkaufen wollte.«

»Ich habe weder gestohlen noch Diebesgut verkauft!«, spie Mary dem Burschen entgegen, sodass dieser leicht zusammenzuckte. »Sondern Handelswaren! Und der Zusammenstoß mit Eurem Purser geschah völlig unbeabsichtigt!«

»Schweigt, Weib!«, donnerte der Captain, aber Mary blieb ungerührt stehen, hob den Kopf und streckte die Brust raus. In ihrem Inneren brodelte es. Sie würde diesem Mann zeigen, dass sich niemand mit ihr anlegte!

»Hättet Ihr wenigstens die Freundlichkeit, Euch vorzustellen?«, fragte Mary in einem leicht schnippischen Ton. Sie hatte schon mit ganz anderen Kalibern zu tun gehabt. *Was für ein interessanter Mann*, dachte sie dennoch. Unerschütterlich, stark ... Der gefiel ihr immer besser.

Der Captain schien von so viel weiblichem Selbstbewusstsein verdutzt, trotzdem antwortete er: »Grayson Claybruke, Captain der ›Starfish‹. Und Ihr seid ...«

»Mary ...« Sie schluckte ihren Unmut hinunter, bevor sie möglichst ruhig antwortete: »Mary Higgins, Sir.«

»So, so ... Higgins, also?« Grayson Claybruke schlenderte zu einem Tisch, auf dem Seekarten sowie nautische Instrumente lagen, und zog ein Pergament hervor. Dann rieb er sich über das Gesicht und machte: »Hmmm.«

***

Grayson musterte die Gefangene und verglich ihr Aussehen mit der Zeichnung auf dem Steckbrief. Die Frau auf dem Bild sah ihr verblüffend ähnlich: dasselbe pechschwarze, leicht lockige Haar, das ihr offen über die Schultern fiel, eine gerade Nase, ein leicht spitz zulaufendes Kinn und helle Augen ... »Mary Bones!«, rief er aus und ein Lächeln stahl sich auf seine Lippen. Nach so langer Zeit war es ihnen tatsächlich gelungen, die berühmt-berüchtigte Piratenlady zu fangen. Ja, sie musste es sein, denn welche normale Frau trug Breeches?

Als ob sie genau wüsste, was er dachte, erwiderte sie: »Seht mich nicht so seltsam an! Ihr habt wohl noch nie eine Dame in Hosen gesehen, was? Ich reise nun einmal sehr viel, und da sind Röcke eher hinderlich.«

Ja, als Piratenlady wäre es auch unvorteilhaft, mit einem Kleid in der Takelage herumzuklettern, dachte Grayson. Er hielt diese Aussicht jedoch für sehr verlockend. Einen Moment lang schweiften seine Gedanken ab. Er stellte sich vor, wie Mary die Taue erklomm und er ihr von unten zusah. Dank ihrer engen Hose erkannte Grayson schlanke, aber weibliche Schenkel ... und erst dieser dralle Hintern! Aber das Hauptaugenmerk galt dem Inhalt ihrer weiten Bluse. Was mochte sie wohl für Brüste haben? Grayson konnte nicht viel davon erkennen.

Zum Donnerwetter! Was war nur los mit ihm? Er hatte sich doch sonst immer im Griff, aber zu gern wollte er diese aufmüpfige Frau nackt sehen ...

Angeblich sollte Mary Bones unzählige Reichtümer gehortet haben. Der König persönlich gab Grayson den Auftrag, die Piratenlady einzufangen und die Lage der Insel herauszufinden, auf der sie ihre Schätze versteckte, falls sie Grayson während seiner Handelstour vor die Füße lief. Auf dem Piratenstützpunkt Tobago sollte Mary öfter gesehen worden sein – deshalb war Grayson von seiner üblichen Route abgewichen und hatte einen Abstecher dorthin gemacht und siehe da ... Heute war sein Glückstag! Mary Bones würde ihn so reich machen, dass er sich in der Karibik seine eigene Insel würde kaufen können. Er bräuchte der britischen Regierung nur ihren Kopf auszuhändigen.

»Mein Name ist Mary Higgins, Sir, das hatte ich Ihnen bereits gesagt! Die Ähnlichkeit ist nur Zufall. Man hat mich schon öfter mit dieser Wilden verwechselt!« Sie klang ehrlich empört und sah ihm direkt in die Augen, ganz ohne Furcht. »Nehmt Ihr mir nun endlich die Fesseln ab?«

Grayson war sich plötzlich nicht mehr sicher, ob er der Frau nicht ein Unrecht antat, aber das würde er herausfinden. »Alles nur Zufall?« Er wandte sich seinem Ersten Offizier zu. »Mr Stephens, Ihr übernehmt so lange das Kommando an Deck und teilt die Nachtwachen ein, während ich diese Person verhöre.«

»Aye, Sir!« Der Offizier salutierte und verließ dann die Kajüte. Vorsorgehalber schloss Grayson hinter ihm ab, indem er einen dicken Riegel vor die Tür schob, ohne dabei seine Gefangene aus den Augen zu lassen. Sollte es sich wirklich um Mary Bones handeln ... Sie galt als sehr gewieft. Schon mehrmals war sie ihrem Tod entronnen, weil sie ihre Häscher ausgetrickst hatte. Aber ihm würde das nicht passieren!

Grayson blickte aus den kleinen Fenstern, die kaum noch Licht in die Kajüte ließen, so dunkel war es bereits. Also entzündete er eine Öllampe und befestigte sie an einem Deckenbalken, bevor er sich wieder der aufgebrachten »Lady« zuwandte.

***

Als Mary diesmal in Graysons Augen blickte, wich sie ein paar Schritte vor ihm zurück. Der große Mann sah sie mit einer Mischung aus unverhohlener Gier und purem Verlangen an, aber Mary konnte nicht deuten, ob er auf Geld oder ihren Körper aus war – anscheinend beides.

»Ihr könnt mich hier nicht einfach festhalten!«, empörte sie sich, doch Grayson erwiderte ungerührt: »Auftrag des Königs.«

Überheblicher Kerl!, schimpfte sie ihn in Gedanken, und ihr würden noch viel üblere Worte für ihn einfallen, wenn er sie nicht sofort frei ließ!

Schon seit ihrer Gefangennahme nestelte Mary an dem Seil herum, das ihre Handgelenke auf dem Rücken zusammenband. Der junge Offizier verstand es, einen Knoten zu machen, aber als dieser Mary vorhin vor die Füße des Captains geschubst hatte, hatte sie den Augenblick ausgenutzt, um einen kurzen Dolch aus ihrem Stiefel zu ziehen, den sie jetzt in ihrer Hand verborgen hielt. Der war dem Burschen bei seiner Durchsuchung entgangen. Nur noch wenige Schnitte und sie war frei. Dann würde sie die Klinge in das arrogante Herz des Captains treiben, auch wenn Mary das äußerst bedauerlich fand. Er war so ein hübscher Kerl, aber ihr Leben war ihr mehr wert.

»So hört doch, Sir, ich bin Tuchhändlerin aus Castries! Vor Kurzem ist mein Vater – der Herr hab ihn selig – verstorben und ich führe sein Geschäft weiter. Ich verkleide mich nur als Mann, weil viele mit Frauen keinen Handel abschließen. Und wenn sie es doch tun, dann wollen sie einen über den Tisch ziehen. Das ist die ganze Erklärung!« Sie versuchte ihn in ein Gespräch zu verwickeln, um noch ein wenig Zeit zu schinden, doch er stand schon vor ihr. Mit seinen Händen fuhr er über ihren Körper, wobei er ihr unverwandt in die Augen sah. Grayson packte sie fest an, aber nicht grob, und sie spürte die Wärme seiner Hände überall auf ihrer Haut. Jeder Nerv prickelte.

Mary wäre in den dunklen Tiefen seiner Augen beinahe versunken. Wie kam es, dass sie dieser Captain, der sie beschuldigte, die Piratenlady zu sein – was unweigerlich auf ihren Tod hinausliefe –, so faszinierte?! Oh ja, er war ein Mann nach ihrem Geschmack, aber konnten sein maskuliner Duft und die Hitze seiner großen Gestalt schon ausreichen, ihre Sinne dermaßen zu verwirren?

Hätte sie an Liebe auf den ersten Blick geglaubt … Liebe, pah, wie lächerlich. Sie kannte Grayson Claybruke ja überhaupt nicht!

Als sich seine Hände auf ihren Busen legten, entwich ihr ein Stöhnen. Sofort reckten sich ihre vorwitzigen Knospen den streichelnden Fingern entgegen. Grayson hatte aber anscheinend nicht vor, seine Massage fortzuführen, denn er riss ihr die Bluse auf und zog das Tuch nach unten, das Mary fest um ihren üppigen Busen gewickelt hatte, um nicht gleich als Frau entlarvt zu werden. Dabei fiel ein kleiner Lederbeutel zu Boden.

Vor Überraschung schrie Mary auf.

»Ja, was haben wir denn da?« Grayson hob die Geldkatze auf und grinste Mary spitzbübisch an, was ihr Herz noch mehr stolpern ließ. Außerordentlich helle Zähne blitzten ihr entgegen, von denen anscheinend auch noch keiner fehlte. Dieser Captain schien ein sehr gesunder und gepflegter Mann zu sein, das sah Mary selten.

»Gib mir das sofort wieder!«, funkelte sie ihn dennoch an. Sein gutes Aussehen rechtfertigte nicht, dass er sich einfach nahm, was er wollte. »Da sind meine gesamten Tageseinnahmen drin!«

»Ich glaube eher, du hast das Gold meinem Purser gestohlen!« Der Captain schmunzelte und lachte leise. Seine angenehme Stimme schickte wohlige Schauder über ihr Rückgrat, was sie noch mehr verwirrte. »Mary Bones ...«

Mary war nun richtig wütend. Sie kam sich total entblößt vor, wie sie mit heraushängenden Brüsten vor diesem Fremden stand, der sich auch noch offensichtlich an ihrer Nacktheit weidete! Ihre Wut gab ihr noch einmal Kraft – und mit einem letzten Schnitt der Klinge durchtrennte sie das Seil hinter ihrem Rücken.

Da Grayson immer noch auf ihren großen Busen stierte, nutzte Mary die Gelegenheit, um sich auf ihn zu werfen. Prompt landete der Captain auf dem Holzboden und sie auf seinem Schoß. Eine Hand stützte sie an seiner Brust ab, mit der anderen presste sie den Dolch gegen seinen bartschattigen Hals.

Mary spürte sein Herz, das gegen ihre Handfläche ratterte, aber sie fühlte auch die sanfte Vertiefung zwischen seinen Brustmuskeln. Dieser Kerl sah also nicht nur gut aus, er besaß auch noch eine verdammt leckere Figur! Und wenn er Captain war, dann hatte er auch was im Kopf.

Mary fluchte innerlich. Es wäre wirklich eine Verschwendung, so ein Prachtexemplar zu ermorden, zumal sie schon ewig auf der Suche nach einem passenden Mann für ihre Zwecke war, und der hier schien einfach perfekt zu sein! Sollte sie es wagen?

Aye, das Weib hatte Feuer im Blut!

Grayson lag wie gelähmt unter dieser Furie und konnte nur auf ihre Brüste starren, die genau vor seinem Gesicht baumelten. Im Gegensatz zu Marys zierlicher Gestalt waren sie riesig! Zu gern hätte er jetzt an den rosigen Nippeln gesaugt, sie abgeleckt und in seinem Mund verschwinden lassen ...

Sofort wurde er knüppelhart und immer noch schoss Blut in seine Lenden.

»Du tust ja gerade so, als hättest du noch nie eine Frau gesehen, *Grayson Claybruke.*« Seinen Namen ließ sie wie Zucker auf ihrer Zunge zergehen.

Nun ja, dachte er, als Captain eines Handelsschiffes kam es schon mal vor, längere Zeit keinem weiblichen Wesen zu begegnen, außer den gackernden Hühnern an Bord, die früher oder später im Kochtopf landeten. Deswegen scheute er sich nicht, hin und wieder ein leichtes Mädchen aufzusuchen, aber warum sollte er für sein Vergnügen bezahlen, wenn er es auch umsonst bekommen konnte? Er würde dieser Lady noch zeigen, dass er sehr wohl Ahnung vom anderen Geschlecht hatte!

Marys Gewicht auf seinen Lenden fühlte sich nahezu perfekt an, nur die Stofflagen dazwischen störten enorm. Dem sollte er Abhilfe schaffen!

»Hüte deine Zunge, Piratenlady!«, donnerte Grayson und überlegte einen Moment. »Lady ... Ts, sie hätten dich eher *Teufelsweib* nennen sollen!« Blitzartig schoss seine Hand nach oben und traf Marys Unterarm. Ihr Messer flog in hohem Bogen durch die Kabine, aber leider hatte die scharfe Klinge einen Schnitt an seinem Hals verursacht. Grayson spürte, wie es warm an seiner Kehle hinablief.

»Verdammt!«, zischte die Frau über ihm und riss die Augen

auf. Sofort zog sie sich ihr Tuch vom Hals, um mit dem Stoff über Graysons Wunde zu tupfen.

Ihre plötzliche Fürsorge machte ihn schwach. Nie im Leben verhielt sich so eine Piratin! Mit angehaltenem Atem sah er sie an, während Mary hoch konzentriert seine Wunde betrachtete und flüsterte: »Ist nur ein Kratzer«. Anschließend band sie ihm das Tuch um seinen Hals. Es lagen noch ihre Wärme und ihr Geruch darin, der in Graysons Nase stieg und seine Körperfunktionen lahmlegen wollte.

Sie ist gewieft ... Das ist eine Falle!, ermahnte ihn sein Verstand, auch wenn sein Schwanz da ganz anderer Meinung war. Der fand es nämlich fantastisch, von ihrem drallen Hintern malträtiert zu werden, der sich fest und doch so weich auf seine Lenden presste.

»Genug jetzt!«, fuhr er sie an, bevor er sich nicht mehr unter Kontrolle hatte, und sprang auf. Dabei landete seine Gefangene auf dem Po. »Ich glaube dir kein Wort! Du bist Mary Bones!«

»Ich bin nicht Mary Bones. Die Frau ist ein Mythos!«, rief sie und kam geschmeidig wie eine Katze auf die Beine.

Grayson war jedoch bei ihr, bevor sie den goldenen Dolch ergreifen konnte, der noch immer auf dem Boden lag.

Aber er hatte nicht mit ihrer Gegenwehr gerechnet und dass sie kämpfen konnte wie ein Mann!

»Tuchhändlerin, so so!«, stieß er durch zusammengebissene Zähne, während Mary sich mit Händen und Füßen wehrte.

»Hast du schon mal Stoffballen getragen?«, rechtfertigte sie sich. »Die sind ganz schön schwer. Das gibt Muskeln!« Sie stürzte sich wieder auf ihn und drückte Grayson mit ihrem Körper gegen eine Wand. Ihr üppiger Busen presste sich an ihn, und für einen Moment kam es Grayson so vor, als ließe Mary mit Absicht ihre Hüften auf seinem Schwanz kreisen.

Dieses Luder wollte ihn verführen und sich somit aus der Schlinge ziehen!

Aber nicht mit ihm! Grayson wirbelte Mary herum, sodass nun *ihr* Rücken gegen die Wand stieß, dann griff er nach dem Taustück, das aufgerollt auf dem Deckenbalken über ihm lag. Schnell wie der Wind warf er die Enden seitlich an dem Balken herab und verknotete sie mit Marys nach oben gehaltenen Armen. Es wunderte Grayson kurz, weil sie ihm plötzlich so wenig Gegenwehr schenkte, aber als er sie schwer atmend ansah und auf ihre gestreckten Brüste starrte, vergaß er alles um sich herum.

***

Mary betete, keinen Fehler begangen zu haben. Nun war sie diesem Mann wehrlos ausgeliefert, doch sie musste ihn haben – nur ihren Kopf wollte sie gern behalten, sonst würde diese ganze Aktion wenig Sinn machen. Mary wollte das Beste aus ihrer bescheidenen Situation herausholen, und so wie es aussah, hatte sie den Captain bereits so weit. Sein steinhartes Geschlecht beulte seine Hose gewaltig!

»So ... Mary wer-auch-immer«, sagte er. »Jetzt werden wir uns mal unterhalten.«

»Nur unterhalten?« Provozierend blickte sie auf seinen Schritt, was ein Prickeln durch ihren Unterleib schickte. Sie konnte es kaum erwarten, Graysons Härte in sich zu spüren. Sie würde sich nehmen, was sie brauchte, und dann verschwinden.

»Ich habe schon meine Methoden, die Wahrheit aus dir raus-zukitzeln, wilde Lady!« Der Captain nestelte an den Knöpfen seiner Breeches, bis sein Penis herausfederte. Sichtlich erleichtert atmete er auf und strich sich dann mit einer Hand über den geäderten Schaft.

Was für eine prächtige Rute, dachte Mary und starrte auf das

174

lange Glied mit der dicken Eichel. Mary schloss ihre Finger um das Seil, damit es nicht an ihren Handgelenken scheuerte, und machte sich bereit, von diesem Kerl genommen zu werden, doch der enttäuschte sie.

Grayson schritt durch den Raum, um ihren Dolch aufzuheben, wobei sein Schwanz vor der Hose auf- und abwippte. Dann hielt er ihr die mit Edelsteinen besetzte Klinge vor die Nase. »Kann sich eine Tuchhändlerin so ein wertvolles Stück leisten?«

Sie sah nur wie hypnotisiert auf den Dolch. Sie trug ihn immer bei sich, er bedeutete ihr sehr viel.

»Sprich endlich!« Grayson rückte noch ein Stück näher, bis sich ihre Nasen beinahe berührten. Obwohl er die Lippen zusammengepresst hatte, wirkte sein Mund auf Mary sehr anziehend und plötzlich wünschte sie sich nur eines ... »Küss mich«, hauchte sie in Graysons Gesicht.

»Was?« Er schien für einen Moment verwirrt, aber dann knurrte er: »Auf deine Tricks falle ich nicht rein, Mary Bones! Wenn du nicht endlich sprichst, muss ich zu härteren Mitteln greifen!« Mit einem heftigen Ruck riss er Mary die Bluse sowie das Brusttuch vom Leib und setzte dann die Klinge am Bund ihrer Hose an.

»Ich bin Tuchhändlerin, ich schwöre es!«, rief sie mit wild pochendem Herzen. Er würde sie doch nicht aufschlitzen?! »Ich verdiene sehr gut, also warum darf ich mir dann nicht so ein wertvolles Schmuckstück gönnen?!«

Schon glitt der Dolch durch den Stoff ihrer Hose, bis sie in Streifen von ihren Beinen hing, dann zerrte Grayson auch diese ab, mitsamt ihren zierlichen Stiefeln.

Splitternackt stand sie nun vor ihm, seinen Spielchen ausgeliefert.

»Du lügst immer noch, Piratenlady? Du bist wahrlich das kaltschnäuzigste Weib, das mir je begegnet ist!« Grayson fuhr sich über den Nacken, bevor er murmelte: »Und das verführerischste«, aber Mary hatte ihn verstanden. Sein Blick bohrte sich in ihre Mitte und brachte ihre Scham zum Pochen. Dabei zuckte sein Glied, aber Grayson fasste Mary nicht an, obwohl sie bemerkte, welch extreme Überwindung ihn das kostete. Aus der Eichel, die hochrot glänzte, lief bereits ein Tropfen.

Abermals wanderte Grayson durch die geräumige Kabine, die normalerweise zu Besprechungen genutzt wurde. Mary wusste auch, dass die zweite Tür im Raum zur Kapitänskajüte führte, in der Graysons Bett stand. Was würde Mary dafür geben, jetzt mit diesem Mann dort zu liegen und sich zu vergnügen, stattdessen stand sie hier festgebunden an der Wand, seinen seltsamen Verhörmethoden ausgeliefert, die ihn gewiss kein Stück weiterbringen würden.

Neugierig sah Mary ihm zu, wie er in einer Kiste wühlte und ein langes, dünnes Seil herausnahm. Was hatte er nun wieder vor?

Schweiß glänzte auf Graysons Stirn, als er abermals vor ihr stand und ihre Brüste anstarrte. Bevor Mary ahnte, was er beabsichtigte, zog er sich sein Hemd über den Kopf und wischte sich damit die Feuchtigkeit aus dem Gesicht. Es war verdammt warm in der Karibik, und das laue Lüftchen, das durch die geöffneten Fenster wehte, brachte kaum Abkühlung. Und in Marys Körper stieg beim Anblick des halbnackten Mannes erst recht eine gewaltige Hitze auf. Grayson war fantastisch gebaut: Unter der gebräunten Haut kam das Spiel seiner Muskeln besonders gut zur Geltung. Mary erkannte jede Vertiefung seiner Bauchmuskeln, und an seine gewölbte Brust hätte sie sich am liebsten angelehnt. Das war ein Mann, der einer Frau gefiel. Er war stark, attraktiv, intelligent ... hach, einfach perfekt!

Bis auf die Tatsache, dass er sie der britischen Regierung ausliefern wollte.

Sie seufzte, was dem Captain ein Stirnrunzeln entlockte. »Du bist ein seltsames Weib«, sagte er. »Dir scheint die ganze Sache ja mächtig Spaß zu machen, aber jetzt werden andere Methoden angewandt!«

Grayson wickelte ein Stück vom Seil ab und machte einen Knoten hinein, um eine Schlinge zu formen. Diese legte er Mary um eine Brust und zog sie dann vorsichtig zu.

***

»Grayson!« Zischend sog sie die Luft ein.

Ja, damit hatte sie wohl nicht gerechnet. Grayson wollte Mary richtig zappeln lassen, ihr Angst einjagen und sie so lange foltern, bis sie ihm die Wahrheit sagte. Es kostete ihn allerdings sämtliche Willenskraft, nicht sofort in ihr gelocktes Dreieck zu stoßen, aus dem bereits die Feuchtigkeit herauslief. Sie klebte an ihren Schenkeln und verströmte einen betörenden Duft, sodass Grayson sich beherrschen musste, nicht plötzlich ihre Beine zu spreizen, um den Saft aus ihrer Spalte zu lecken. Stattdessen konzentrierte er sich ganz auf sein Tun und versuchte seinen Schwanz zu ignorieren, dessen Haut sich bis zum Zerreißen um seinen Schaft spannte. So hart war er noch nie gewesen, glaubte Grayson, und den Schnitt an seinem Hals spürte er kaum noch. Dieses Weib musste den Teufel im Leib haben, anders konnte er sich seine Reaktion nicht vorstellen!

Er wog Marys milchigen Busen in einer Hand, während er mit der anderen das Seil darumwickelte. Ihre Brust wurde immer voller, bis nur noch der rosa Nippel hervorquoll, prall und empfindlich. Grayson warf das Seil über den Balken und verschnürte dann auch ihre zweite Brust, die nun ebenfalls nach oben gezogen wurde.

Mary legte den Kopf in den Nacken und stöhnte. »Du Bastard!«

Grayson war kaum noch fähig zu sprechen, so sehr erregte ihn ihr Anblick. »Na, willst du nun reden?«

Die Augen schließend, schüttelte sie den Kopf, aber als Grayson mit der Zunge über einen gequetschten Nippel fuhr, riss sie die Lider sofort wieder auf. »Wenn du mich nicht endlich nimmst, dann ...« Hastig biss sie sich auf die Unterlippe, und auch Grayson kaute auf seiner Zunge herum, denn der Sinn ihrer Worte hatten ihn fast abspritzen lassen.

Verflucht, sie wollte also wirklich, dass er sie nahm? Hier, an der Wand, während sie hilflos in den Seilen hing, splitternackt und ihre riesigen Brüste verschnürt?

Und jetzt schien der einzige Weg, sie zum Reden zu bringen, nur der zu sein, *nicht* mit ihr zu schlafen?

Grayson unterdrückte ein Stöhnen. »Teufelsweib!«, knurrte er und biss sanft in einen Nippel, der bereits dunkelrot leuchtete. Dabei rieb er seinen Schwanz an ihrem Oberschenkel, versucht, ihn in ihre feuchte Höhle zu rammen, nach der er sich unendlich verzehrte.

Abermals schrie Mary auf, zugleich schoss ein Schwall ihrer Lust zwischen ihren Schenkeln hervor und lief an ihren Beinen herunter.

Grayson konnte dem nicht mehr widerstehen. Er ging in die Hocke, um ihre Oberschenkel auseinanderzudrücken, bis Mary nur noch auf Zehenspitzen stehen konnte – dann leckte er ihren Saft auf.

Heiliges Kanonenrohr! Sie schmeckte göttlich! Grayson begann an ihren Kniekehlen zu lecken, wo er ihr ein Kichern entlockte, dann glitt er an den Innenseiten ihrer Schenkel nach oben bis zu ihrer Spalte, in der der unwiderstehliche Geruch am intensivsten war.

»Bitte ... Grayson!« Mary zitterte am ganzen Körper. Es war unverkennbar, was sie wollte, denn sie versuchte ihre Beine noch weiter zu öffnen. Aber sie schaffte es nicht, weil das Seil sie zu sehr straffte. Aber frech, wie sie war, stellte sie einen Fuß auf seine Schulter.

»Rede!«, befahl er ihr und hauchte in die nasse Spalte, die er mit seinen Daumen weiter öffnete. Ihre rosa Knospe schimmerte ihm verführerisch entgegen und lockte ihn, von ihr zu kosten.

»Mein Name ist Mary Higgins und ich bin die Tochter eines Tuchhändlers aus Castries, geboren auf der Insel St. Lucia, ich schwöre es!«

»Warum bist du vor meinen Männern weggelaufen?« Grayson nahm ihre Schenkel, um sie sich auf seine breiten Schultern zu legen, dann flatterte er kurz über Marys Knospe. Diese war herrlich glatt, heiß und unwiderstehlich feucht. »Sprich!«

Mary stöhnte – noch mehr der milchigen Flüssigkeit lief aus ihrem Eingang. Mit beiden Händen hielt sie sich am Seil fest, was sie sichtlich anstrengte und ihr weitere keuchende Laute entlockte. »Ich dachte, sie wollten meine Einnahmen stehlen!«

Graysons Herz begann zu flattern. Was war, wenn es sich tatsächlich um eine Verwechslung handelte? War das Gold in dem Beutel vielleicht doch ihr eigenes?

»Bitte, Grayson, ich brauche das Geld für mich und meinen Sohn!«

Grayson erstarrte. »Du hast ein Kind?« Er blickte auf ihren sanft gewölbten, herrlich weiblichen Bauch, der sich schnell hob und senkte. Die Haut darüber war makellos.

»Lügnerin!«, knurrte er, dann biss er leicht in ihren Kitzler, bevor er ihn hart in den Mund saugte.

»Gott ... Grayson, mach weiter!«, flehte sie, doch er hörte abrupt auf.

»Du sollst mich nicht anlügen!«

»Mein Sohn ist gerade einmal vier Jahre alt und lebt bei meiner Mutter auf Castries. Denke an sein Gesicht, wenn ich nie wieder zurückkomme! Er braucht mich!«

Grayson überlegte. Mary klang verdammt überzeugend. »Der Vater?«, fragte er, wobei sich ein Knoten in seinem Magen formte. War er etwa eifersüchtig?

»Auf See verschollen!«, stieß Mary hervor.

Wenn es stimmte, was sie erzählte, dann war sie eine verdammt tapfere Frau. Gedankenverloren dippte Grayson seine Zunge in ihren Eingang und leckte ihren Saft auf. Mary schmeckte einfach himmlisch!

Sein Penis zuckte unentwegt, und Grayson wünschte sich nichts sehnlicher, als in Marys Spalte zu stoßen. Sie wollte es doch auch, er schmeckte, roch und fühlte ihre Lust.

»Gib mir endlich deinen verfluchten Schwanz!«, schrie sie und umklammerte ihn mit ihren Schenkeln, sodass sein Gesicht an ihre Scham gepresst wurde.

Ja, hier könnte er es ewig aushalten, überlegte er, aber jetzt hatte Mary tatsächlich erreicht, dass sein Verstand aussetzte. Er ertrug ihre Bettelei nicht mehr länger, wo er sich ja selbst so nach ihr verzehrte.

Grayson stand auf und zog sich die Stiefel, sowie die Hose von den Füßen, dann packte er Marys Beine an den Kniekehlen und ließ mit pumpenden Bewegungen der Hüften sein Glied zwischen ihren Schamlippen auf- und abgleiten, ohne in sie zu fahren.

»Du verdammter Hurens...«

»Na! Pass auf, was du sagst!«, ermahnte er sie. Grayson wollte noch ein Weilchen mit ihr spielen, aber ihr Anblick gab ihm den Rest. Während er auf ihre verschnürten Brüste starrte, drückte er seine Eichel an ihren Eingang und stieß zu. Sofort spannte sich ihre seidige Hitze um seinen Schaft.

Mary hielt die Luft an und schloss die Augen. »Er ist so gewaltig ...«, murmelte sie.

Hatte sie etwa Schmerzen? Er wollte sich ein Stück zurückziehen, aber ihre Schenkel hielten ihn in ihrem eisernen Griff. »Unterstehe dich, Captain!«

***

Endlich spürte sie dieses pulsierende Stück Männlichkeit in sich! Mary hatte schon befürchtet, Graysons Beherrschung kenne keine Grenzen.

Während sie sich an dem Tau festhielt, mit dem Grayson ihre Arme verschnürt und nach oben gezogen hatte, spürte sie, wie das Seil um ihren Brüsten bei jeder Bewegung an ihnen zerrte. Ihre empfindlichen Nippel rieben an Graysons Brust, denn der Captain stieß nun ohne Hemmungen in sie. Dabei umfasste er ihre Pobacken mit seinen kräftigen Händen und besaß die Frechheit, einen Finger in ihren Anus zu bohren, nachdem er ihn mit ihrem Saft angefeuchtet hatte.

Mary schrie ihre Lust aus sich heraus. Auf diese Art war sie noch nie genommen worden. Bisher hatte sie keine Ahnung gehabt, dass ihr so etwas gefiel, aber dieser Mann schien ihre geheimsten Fantasien zu kennen.

Grayson sah sie mit verhangenem Blick an, wobei er schwer atmete. Seine Lippen waren leicht geöffnet; mehrmals fuhr er sich mit der Zunge darüber. Wie gern wollte Mary ihn schmecken!

Um ihn zu provozieren, leckte sie sich selbst über die Lippen und raunte ihm unanständige Dinge zu. Sofort spürte sie, wie sein Schaft in ihr noch mehr anschwoll und Grayson ihr Gesäß fester packte, um noch tiefer zu kommen, falls das überhaupt möglich war. Er füllte sie ohnehin schon ganz aus und presste ihre geschwollenen Schamlippen zur Seite. Es hatte sich noch nie so gut angefühlt, einem Mann derart nah zu sein.

Mary versuchte, ihren Kitzler an seinem Schamhaar zu reiben, indem sie sich an den Seilen nach oben zog, aber ihre Kräfte schwanden immer mehr. Sie spürte bereits die ersten Spasmen, die ihren Unterleib durchliefen, und kurz bevor sie kam, tat Grayson genau das, was sie sich schon die ganze Zeit wünschte: Er hob sie noch ein wenig höher, damit er leichter den Kopf zwischen den Seilen hindurchstecken konnte, die ihre Brüste hielten – dann presste er seine Lippen auf ihren Mund.

Mary seufzte. Sein Bartschatten kitzelte ihre Wangen, während er sie gierig in Besitz nahm und die Zunge in ihren Mund schob. Mary saugte sie ein und neckte Grayson. Aber sie spielte nur kurz mit ihm, denn ihr Captain verstand es, zu küssen. Seine weichen Lippen knabberten und saugten abwechselnd an Mary, bis ihr ganz schwindlig wurde. Der herbe Duft seiner Rasierseife und seine streichelnden Hände gaben ihr den Rest; willenlos ließ sie sich von ihm nehmen, bot ihm ihren Körper dar, öffnete sich ihm vollkommen.

***

Grayson spannte seine Pobacken an, genoss das Kribbeln in seinen Hoden und den aufsteigenden Druck in seiner Peniswurzel, bevor sich das herrliche Gefühl auf seinen ganzen Körper ausweitete und er abschoss. Hart stieß er in Marys Enge und pumpte seinen Saft tief in sie hinein. Mary umschloss ihn heiß und fest, wie ein nasser, saugender Mund, woraufhin er sich immer und immer wieder in sie ergoss, während er sie küsste.

Auch Mary schien ihren Höhepunkt zu genießen, denn sie stöhnte ohne Hemmungen seinen Namen, bis sich ihr Körper entspannte.

Ihre Küsse wurden sanfter und versiegten schließlich, weil beide zu sehr mit Luftholen beschäftigt waren.

Völlig entkräftet löste sich Grayson aus ihr, nahm ihren Dolch und schnitt damit die Seile durch, befreite ihre Hände und ihre geschundenen Brüste. Mary keuchte, als er das Seil vom Busen wickelte, und Graysons Herz schnürte sich beim Anblick der Druckstellen zusammen. Aber Mary lächelte ihn an und er schmolz dahin.

Nachdem er Mary auf seine Arme gehoben hatte, kuschelte sie sich sofort an seine Brust und schnurrte zufrieden. »Das war fantastisch, Captain. Werden solcherlei Verhörmethoden vom König empfohlen?«

»Nein, das war ein Verhör à la Grayson Claybruke«, erwiderte er schmunzelnd und schritt mit ihr durch den Raum bis in die angrenzende, kleinere Kajüte, wo er sie in seinem schmalen Bett ablegte. Dabei hing ihr langes Haar wie ein schwarzer Wasserfall über den Rand der Koje.

Abermals musste sich Grayson gestehen, was für eine leidenschaftliche und schöne Frau Mary war.

Mary Higgins.

Grayson kuschelte sich zu ihr, zog sie an sich und drückte seine Lippen auf ihre Stirn.

»Und? Wie lautet das Urteil?«, fragte sie leise, während sie über seine Brust streichelte und dabei an seinem Bauch hinabglitt.

»Schuldig, bis die Unschuld bewiesen ist«, murmelte er in ihr Haar.

Lachend drehte sich Mary auf den Rücken und winkelte die Arme über dem Kopf an. Somit gab sie ein äußerst verführerisches Bild ab.

Grayson spürte, wie er schon wieder hart wurde ...

***

Grayson streckte sich und tastete im Halbschlaf nach Mary. Sie hatten sich in der Nacht noch mehrmals geliebt, und Grayson war sich nun sicher, dass sie nicht die berühmte Piratenlady war, nach der alle suchten. Dazu war Mary einfach zu ... Ja, was war es genau, was ihn an dieser Frau faszinierte? Dass sie sich einfach perfekt unter ihm angefühlt hatte? Dass sie kein so zerbrechliches, albernes Ding war wie die Frauen, die er sonst kannte? Oder weil sie die perfekte Partnerin für ihn wäre, denn Mary war an ein Leben auf See gewöhnt und würde sich mit ihrer selbstsicheren Art bestimmt den Respekt seiner Mannschaft verdienen.

»Liebes?«, murmelte Grayson und öffnete die Lider. Jetzt, wo er Marys Wärme und ihren Geruch nicht mehr wahrnahm, fehlte ihm irgendetwas.

Er setzte sich auf, rieb sich den Schlaf aus den Augen und sah sich um. Morgennebel waberte vor dem kleinen Kajütenfenster, das weit offen stand. Als Grayson jedoch das Seil bemerkte, das über dem Sims hing, war er sofort hellwach und sprang so schnell aus seiner Koje, dass er sich den Kopf an der niedrigen Decke stieß. »Verflucht!«

Er rannte zum Heck und sah hinaus auf den Hafen, aber von Mary fehlte jede Spur. Auch war das Schiff verschwunden, das neben ihnen geankert hatte – was Marys Fregatte gewesen war, wie sie ihm stolz erzählt hatte. »Mist, verdammter!«, fluchte er noch einmal. Warum war die Frau auf und davon?

Aber als er ihren mit Edelsteinen besetzten Dolch erblickte,

184

mit dem sie ein Stück Pergament an die Bordwand gepinnt hatte, dämmerte es Grayson langsam.

Mit wild pochendem Herzen zog er das Messer aus dem Holz und las, was in säuberlicher Handschrift auf der Rückseite des Steckbriefs stand: »Mein liebster Grayson, es war sehr schön mit dir, diese Nacht werde ich nie vergessen. Danke für deinen Liebessaft. Falls es ein Sohn wird, gebe ich ihm deinen Namen. Küsschen, Mary Bones«

»Was?!«, rief er aus und fuhr sich durchs Haar – dann entdeckte er die Goldstücke, die auf seinem Waschtisch neben der Schüssel lagen. »WAS?!«, wiederholte Grayson noch einmal, völlig fassungslos.

»Verfluchtes Teufelsweib!« Seine Hand sauste auf den Tisch, sodass die Münzen darauf klapperten und der Wasserkrug zu Boden fiel, wo er klirrend zerbrach. »Sie hat mich reingelegt!« Und was sollte das mit den Goldstücken? Hatte Mary ihn etwa bezahlt, wie man eine Hure bezahlte? Hatte sie vielleicht noch etwas gestohlen?

Flüchtig durchsuchte Grayson seine Kajüte und den angrenzenden Salon, aber die Seekarten und die nautischen Instrumente lagen alle noch an ihrem Platz. Es fehlte lediglich eines seiner Hemden – nämlich das, was er gestern getragen hatte – und eine alte Hose, die ihm ohnehin zu klein war. Hatte sie deshalb die Dublonen hiergelassen? Oder war dies das Gold gewesen, das sie seinem Purser gestohlen hatte? Der Zahlmeister würde sich noch verantworten müssen, weil er den Verlust nicht gemeldet hatte – wahrscheinlich aus Scham, weil ihn eine Frau bestohlen hatte.

Obwohl Grayson stocksauer war, weil Mary und ihr Schiff weg waren, musste er schmunzeln. »Was für ein gewieftes Weib!« Wenn sie in Gefangenschaft geriete, aber ein Kind bekäme, dürfte sie nicht gehängt werden. Das gäbe ihr genug Zeit, sich einen Fluchtplan auszudenken. War das ihr Vorhaben gewesen? Hatte sie ihn, Grayson, deshalb benutzt? Oder sehnte sie sich einfach nur nach einem Baby, wie so viele anderen Frauen auch?

Grayson hatte geglaubt, dass sich Mary mehr wünschte und etwas wollte, was er selbst schon so lange vermisste. Heute Nacht hatte zum ersten Mal diese seltsame Leere in ihm gefehlt, die er seit Monaten fühlte.

Nachdenklich drehte er den kostbaren Dolch in den Händen. Der hatte ihr etwas bedeutet, das hatte Grayson gespürt. Und sie hatte das gestohlene Gold zurückgegeben ...

»Von wegen Tuchhändlerin und Mutter ... Na, warte, Mary Bones, ich erwische dich noch!«, murmelte er. Aber dabei dachte er nicht an das Kopfgeld, sondern an ihren aufregenden Körper und was er als Nächstes mit ihm anstellen würde.

Möglicherweise hatte Mary nicht gelogen, als sie meinte, sie wäre die Tochter eines Tuchhändlers aus Castries. Irgendwie hatte Grayson gefühlt, dass sie diesbezüglich die Wahrheit gesagt hatte. Vielleicht sollte er seine Suche auf St. Lucia beginnen ...

Weitere erotische Geschichten:

Trinity Taylor
Ich will dich noch mehr

Trinity Taylors erotische Geschichten berühren erneut alle Sinne:

Während einer TV-Produktion im Fahrstuhl,
mit dem Ex auf der Massageliege,
mit Gangstern undercover im Lagerhaus
oder im Pferdestall mit dem »Stallburschen«...

Spannend und lustvoll knistern die neuen Storys voller Erotik und Leidenschaft. Sie fesseln den Leser von der ersten bis zur letzten Minute!

Trinity Taylor
Ich will dich ganz

Trinity Taylor entführt den Leser in Geschichten voller lasterhafter Fantasien und ungezügelter Erotik:

Im Theater eines Kreuzfahrtschiffes,
auf einer einsamen Insel mit einem Piraten,
mit der Freundin in der Schwimmbad-Dusche oder
mit zwei Männern im Baseballstadion ...

Trinity überschreitet so manches Tabu und schreibt über ihre intimsten Gedanken.

Trinity Taylor
Ich will dich ganz & gar

Lassen Sie sich von der Wollust mitreißen und fühlen Sie das Verlangen der neuen erotischen Geschichten:

Gefesselt auf dem Rücksitz,
auf der Party im Hinterzimmer,
»ferngesteuert« vom neuen Kollegen
oder in der Kunstausstellung ...

»Scharfe Literatur! - Bei Trinity Taylor geht es immer sofort zur Sache, und das in den unterschiedlichsten Situationen und Varianten.« BZ, die Zeitung in Berlin

Weitere erotische Geschichten:

Lucy Palmer
Mach mich scharf!

Begeben Sie sich auf eine sinnliche Reise voller erotischer Begegnungen, sexuellem Verlangen und ungeahnter Sehnsüchte ...

Ob mit dem Chef im SM-Studio,
heimlich mit einem Vampir,
mit zwei Studenten auf der Dachterrasse oder
unbewusst mit einem Dämon ...

»Lucy Palmer schreibt einfach super erotische, romantische und lustvolle Geschichten, die sehr viel Lust auf mehr machen.« Trinity Taylor

Lucy Palmer
Mach mich wild!

Romantik, Lust und Verlangen werden Sie auf dem Weg durch die erotisch-wilden Geschichten begleiten ...

Ob mit dem unerfahrenen Commander im Raumschiff, dem mächtigen Gebieter als Lustsklavin unterworfen oder mit Herzklopfen in den Fängen eines Vampirs ...

Es erwartet Sie eine sinnliche und abwechslungsreiche Sammlung von lustvollen Erzählungen.

Lucy Palmer
Mach mich gierig!

Es wird wieder heiß: Lucy Palmer entführt Sie ein drittes Mal an sündhafte Schauplätze ...

Seien Sie gespannt auf ...
eine Vampirjägerin mit ihrem Bodyguard,
auf Gestaltwandler, Dunkelelfen,
Piratenladys und kesse Zimmermädchen.

Erleben Sie die wilde Gier und ungezügelte Leidenschaft, brennende Liebe und pures Verlangen!

Weitere erotische Geschichten:

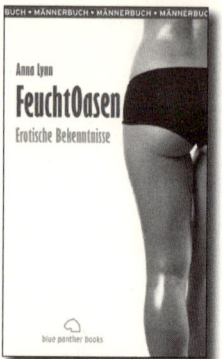

Anna Lynn
FeuchtOasen Erotische Bekenntnisse

Anna Lynn berichtet aus ihrem wilden, erotischen Leben. Es ist voll von sexueller Gier, Wollust und wilden Sexpraktiken.

Anna Lynn kann immer, will immer und macht es immer ... Sex!
Pastorinnen, Reitlehrer, Architekten, Gärtner, Chauffeure, Hausdamen & Co.
Alle müssen ran!

Henry Nolan
KillerHure

Eine Hure aus Passion, ein smarter Agent und ein tödlicher Auftrag ...

Sie verführt ihre Opfer mit Sex, Schönheit und Raffinesse.

Tauchen Sie ein in eine Welt voller Intrigen, Adrenalin, Erotik, Liebe und unerwarteter Wendungen.

»Man genießt, leidet und fiebert mit der Hauptfigur! Großartig!« Trinity Taylor

NEU

Sara Bellford
LustSchmerz Erotischer SM-Roman

Sir Alan Baxter hat eine Passion:
Er sammelt Frauen!

Er will sie um ihretwillen besitzen

Sie wollen vom ihm gedemütigt und geliebt werden

Gemeinsam zelebrieren sie die schönsten Höhepunkte aus Lust, Schmerz und Qual ...

Weitere erotische Geschichten:

Henry Nolan - KillerHure

Eine Hure aus Passion, ein smarter Agent und ein tödlicher Auftrag ...

Sie verführt ihre Opfer mit Sex, Schönheit und Raffinesse.

Tauchen Sie ein in eine Welt voller Intrigen, Adrenalin, Erotik,
Liebe und unerwarteter Wendungen.

»Man genießt, leidet und fiebert mit der Hauptfigur! Großartig!«
Trinity Taylor